閃光スクランブル

加藤シゲアキ

角川文庫
19457

閃光スクランブル

目次

人生は後ろには進まん。
進んだら大変だ。

「過去のない男」

ELämä kulkee joka tapauksessa eteen- eikä taaksepäin.
Muutoin olisitkin pulassa.
「Mies vailla menneisyyttä」

1

巧　モノトーンの日常

全身がセーフライトに包まれる中、巧《たくみ》は印画紙を現像液に浸した。長いピンセットで左右に揺らすと、モノクロの画像がじんわりと浮かび上がっていく。独特の酸の匂いが鼻を突いた。

室温が高いせいで数秒ごとに汗がじんわりと背中を撫《な》でるが、狭い洗面所に空調があるわけもない。そもそも額から汗が垂れなければこの作業に問題はなかった。

「I know it's you」を歌うダニー・ハサウェイの声が室内に響く。ソウルは暗室によく合う。音楽に耳を傾けながらも巧は丁寧かつ迅速に作業を進めた。

印画紙を停止液へ、次に定着液へと移す。数分ほどして電気を通常の白熱球に切り替え、印画紙に問題がないか確認し、巧は隣の風呂場《ふろば》へと移動した。

水が垂れ続ける蛇口の真下には大きなバットが置かれていて、中には十数分浸された写真があった。一つ前にプリントした写真だ。引き抜くと写真からぽたぽたと水滴が落ちた。軽くふってその余分な水気を切り、浴室内に吊《つ》るした紐《ひも》にクリップで留める。

再び洗面所へ戻って定着液が溢《あふ》れないようにバットを風呂場に運び、たった今プリントが終わった写真を水の入ったバットへと移し替えた。

電気をセーフライトに切り替え、遮光性の厚い黒いビニール製の袋から白い紙を一枚抜き取った。この袋の中にある紙は現時点では全て白紙に見えるが、引き伸ばし機によって既に写真が露光されている。

そのまだ何も浮かび上がっていない一枚をそっと現像液に浸す。この作業には細心の注意を払う。液に浸《つ》かる部分に時間差が出てしまうと写真の濃淡にムラが出るため、写真上部から滑り込むように液に浸さなければならない。

巧は馴《な》れた手つきでその作業を行う。ムラはない。

ちょうどいいタイミングで現像液のバットから写真を取り出し、滑らかに隣の停止液のバットへと移す。

このように現像液→停止液→定着液→水洗→乾燥というのを繰り返して白黒の写真はプリントされていく。

巧は自宅で行うこの作業を愛している。写真を撮ることのなくなった今でもこのモノクロプリントだけは定期的に行っていた。専門学校時代から含めればもう十一年もしているが、飽きたと思うことは一度もなかった。

このプリント方法はかなり旧式で効率が悪く、道具も環境も良質とは言えない。アナログの中のアナログ。それでも巧は、あえてこのような古くさい方法でプリントをしていた。

全二十八枚のプリントを終え、巧は最後の一枚を浴室に吊るした。どの写真にもミズミはしっかりと写っている。

しかしどれも巧が撮った作品ではなく、全て坂木《さかき》が撮影したものだった。坂木からの依頼を受けて巧は彼の写真をプリントしていた。

坂木は写真専門学校の同級生で、同じくカメラマンの道を目指した同志だ。だが今では立場に雲泥の差がある。巧は坂木のアシスタントだった。

このデジタル時代に逆らって暗室で現像するような若者はあまりいない。カメラ業界からもかなり減ってしまった。坂木も道具を全て手放したカメラマンの一人だ。その割に時折フィルムで撮影するのはその質感が好きなのと、巧というアシスタントがいるからだった。

全てを片付け、巧はリビングへと向かった。室内の壁一面が妙に殺風景に思えるのは、以前は巧自身が撮った写真がいくつも飾られていたからだ。現在《いま》は全て外されている。

その壁の反対側には二メートル近い高さのコレクションケースが置かれていて、中にはいくつものカメラがまるで商品のように並んでいる。ニコン、ライカ、ミノルタ、ハッセルブラッド、ローライフレックス、キヤノン……。どれも随分と使われていない。

巧はキャンバス地のソファーに飛び込んだ。横になると昨晩からの疲れがどっと押し寄せ、そのまますると眠りに落ちた。

どれほど経ったのか、目を覚ました巧が窓に近寄ってブラインドを上げると陽はだいぶ昇っていた。数回握るように瞬《まばた》きをしてからコーヒーメーカーをセットし始める。コーヒーが出来上がるのを待つ間にシャワーを浴びることにする。背伸びの甲斐《かい》もなく、まだ寝ぼけ眼《つ》で目がはっきりと開かない。薄目。

風呂場の電気を点け、鏡に背中を向けて服を脱ぐ。振り返ると巧自身の背中に彫られた派手なタトゥーが目に映った。

浴室のドアを開けると、吊るされたたくさんの写真がある。乾いた写真をそれぞれ傷がつかないようそっと外して重ね、裸のまま部屋に戻ってそれらを机に置く。

シャワーを浴びて浴室から出るとコーヒーの香りが洗面所まで漂ってくるが、暗室の匂いと混ざって気持ち悪い。身体を拭《ふ》きながらリビングへと向かい、コーヒーをカップに注いだ。そしてデスクトップパソコンの前に座り、電源を入れる。

写真編集ソフトを立ち上げ、今度はデジタルカメラからメモリーカードを取り出してパソコンに繋《つな》ぐ。読み込みに多少時間がかかった後《のち》、画面に映し出されたのはまたしてもミズミンだった。しかしこの写真は巧が撮ったもの。

それから坂木のミズミンと自分のミズミンを見比べる。

ミズミンは犬や猫といったペットでもなければ新種の生物や成分や薬物でもなく、ましてや宇宙人やUMAといった類いでもない。

女性人気アイドルグループ「MORSE《モールス》」の人気メンバー。水見由香《みずみゆか》。ファンならずとも世間ではミズミンの愛称で親しまれている。

印画紙の方に写った白黒のミズミンは薄い胸をドット柄の水着で隠している。口元は妙に艶《つや》やかだ。全体的な色気は少ない分、時々窺《うかが》わせる大人っぽさが上手《うま》く目立つ。グラビアだけでなく、歌やダンスや演技にも愛嬌《あいきょう》があり、絶大な人気があるのも理解できる。

写真はいい。写真は一瞬を切り取るものだ、と言われることがしばしばあるが、巧はそう考えない。たった一枚の二次元なのに、そこから何方向にも広がりや奥行きが感じられる。人や物の背景や過去が、そして未来までも透き通って見えるものこそ真の「写真」だと。

このミズミンの写真にはその広がりがある。この子はおそらく恋人がいる。その人は背が高くてルックスもよくて人気者で。彼女はそんな幸せをひしひしと感じている。何はともあれ、事実この写真は美しい。グラビアの巻頭でも文句はないだろう。坂木が撮った全てのミズミンを確認して坂木にメールを打った。

「ミズミンの写真、どれも問題ない」

もう一度全ての写真を捲《めく》り、その中で最も巧の気に入ったものを一番下にして重ね、テーブルに置いた。

そしてパソコンの画面に映る、巧が撮ったミズミンを眺めた。

昨晩、車中から撮ったゴシップ写真。

デートするミズミン。彼氏は人気若手俳優、岡田洋多《おかだようた》。ほら、やっぱり背が高い。

巧は自覚している。自分が最低な人間だということを。撮影現場でアイドルの情報を収集し、待ち伏せして写真を撮る。そしてゴシップ誌に売る。何人のアイドルや俳優の人気を左右したろう。

でもそんなことは巧には関係ない。生きるというのは簡単じゃない。こんな状況でもなんとか生活が出来ているのは、巧がいくつもの写真をゴシップ誌に売り付けてきたからだ。

とはいえ金を稼ぐためだけに、こんなことをやっているわけではない。写真は一枚三万から五万。被写体次第では十万ちょい。リスクを考えれば大した報酬ではない。それでもこんなに手間もかかる仕事をしているのは、やはり興奮があるからだった。待ちに待ったシャッターチャンスを捉《とら》えたときの恍惚《こうこつ》。悦楽。これは何物にも代えがたい。

マウスを動かし、クリックしながら最良の一枚を選ぶ。二、三周して決めた数枚に印をし、編集作業へと移ろうとする。しかしその前に動画サイトへアクセスし、せっかくなのでMORSEのミュージックビデオを流す。

シャイニングスター……と。

別に巧はMORSEのファンではないが、そんな人間でもMORSEの曲は知っている。日本でこの曲を知らない人間はほとんどいない。もしいるとすれば、それは吉本《よしもと》もジャニーズも知らないような、世俗を離れた人間だけだ。

再生ボタンをクリックするとパソコンのスピーカーからエレクトリックなイントロが鳴り始め、後にアイドルらしい鼻にかかったハイトーンが聞こえる。

たっとえっば　恋のいるみねぇーしょんー♪

もう一度言うが、巧は自覚している。自分が最低な人間だということを。でもいいのだ。最低な行程には最低な環境がいい。塩味の濃い料理に砂糖を足して緩和する不健康な料理と似たようなものだ。

画像をより鮮明にしたり、トリミングしたり、コントラストを強めたり。すぐに編集は終わり、ファイルに入れて圧縮してメールに添付して小日向《こひなた》に送って、終了。

ズズズとコーヒーを飲みながらバルコニーに出ると朝方の柔らかい風が身体を撫《な》でる。太陽は先ほどよりもまた上に昇り、東京の街並みがいくらか見えた。

シャーイニング　スター☆♪

最高だ。最低によって作られる最高。これが巧の日常だった。

＊

「で、今回のそのミズミ……Mの写真、いくらで売れたのー?」

いくら安い居酒屋といえども、坂木は周りの目を気にして直截《ちよくせつ》的な言葉を避けた。

小日向は巧の隣で各テーブルに設置されたタッチパネルを数回押し、ビールの項目を探している。

「二枚で九万」

巧は自分が撮った写真に「ミズミンと岡田洋多！　泥酔⁉　ラブラブデート」と大々的な見出しの載った写真週刊誌を読みながら、残り半分ほどのビール片手にそう言った。坂木が「安っ」と言い放つと口から大量の唾《つば》が飛び散った。その水飛沫《みずしぶき》が正面にいた小日向にかかる。

小日向は服をおしぼりで拭きながら「汚いやろボケ。今どきそんなもんなんやって。パパラッチに払う金あったら社員に行かす方が安いんやから。ビール飲む人」と声をかけた。坂木は「はーい」と返事をし、巧は小さく手を挙げたので小日向はタッチパネルの操作に戻った。

「これでもだいぶ値上げしてもらってんで。ゴシップ業界もほんま不況やわ。不況とも違うか。最近一般人もカメラとか携帯とか持ってるし、待ち伏せしなくてもすれ違い様に撮って売ったりしてきよるからな。編集のやつらかてそっちの方が安いんやから、そっち行くのも当然っちゃ当然。それをなんとか九万まで交渉したってんねんから、むしろ感謝しーや」

小日向は神戸《こうべ》から上京してきて巧と同じ専門学校に通い、卒業してから出版社に勤め、すぐに写真週刊誌の担当になった。専門学校の頃はそれほど親しくなかったが、坂木に紹介してもらってからは、巧が撮ったほとんどのゴシップ写真は小日向を介して週刊誌の編集部に買い取ってもらっている。この小日向という男もなかなかの性悪で、自社での買い取りが安い場合は他社に匿名で売り付けたりしながら、かつ手数料と称して巧の報酬から一万円を抜き取るのである。つまり今回の本来の報酬は十万円だった。巧は全てわかっているがそのことについて文句を言うことはない。

「まぁ、巧の写真は鮮明やし、仕事もめちゃめちゃ速いから、交渉しやすいのはあるけどな」

坂木はビールを飲み干して気が変わったのか、「あーごめん、俺やっぱりウーロンハイー」と小日向に言った。

「バカ、もう入力してもうたわ」

「じゃあそれ小日向飲んでいいからー。ウーロンハイよろしく」

だらだらと会話をする二人を尻目《しりめ》に巧はタバコを手にして火を点《つ》けた。

「しっかし、情けない写真だよなーそれ」

武蔵小杉《むさしこすぎ》で巧が撮影した写真は、酔っぱらって店から飛び出した岡田洋多が地面に寝転がり、慌てて出て来たミズミンが介抱してタクシーに乗せた、という一連の流れだった。およそ五分程度の事件だったが、それにあることないこと付け足して小日向が記事にした。

「なぁ巧、このMの情報、今回どこで知ったん？」

「マネージャーとの会話の盗み聞き」

巧は坂木のもとで月の三分の一ほど不定期でアシスタントをしている。主な仕事はカメラを運んだり、機材のセッティング、片付け、アナログの場合はマガジンにフィルムを装塡《そうてん》したりする。そして依頼があればモノクロフィルムを現像してプリントする。

給料は大して多くない。しかし巧の主な目的はそこではなく情報収集だった。アイドルやグループの会話の盗み聞き。先週どこそこに行っただの、そこで誰々と偶然会っただの、今日は何するだの、時折口を滑らして住んでいる家や彼氏の名前などを聞くこともある。困難なときは、先に現場に行って盗聴器もしかける。現場へ入る時間が早くても、アシスタントなら疑われることはない。

あの日は巧が片付けをしている最中に、ミズミンがマネージャーに「武蔵小杉の〇〇って店に送って」と言ったのが聞こえた。そのあとに「気を付けなさいよ」とマネージャーが返したのと、悪びれたミズミンの表情で、「これは男だ」と確信したのだった。

「巧はさー、もはや良心痛んだりしないの？」

「しねぇよ」

タバコの煙が妙な速度で天井へと昇っていく。

「二人ともこれから素敵な未来が待ってたかもしれないのに？」

「しらねぇ。ふぁっく」

何回同じ質問すりゃ気が済む。

坂木は「相変わらず尖《とが》ってんな」と、かけていた伊達《だて》眼鏡をおしぼりで拭《ふ》き、そう言った。

「撮られる奴も買う奴も馬鹿だ」

ここ三年で四十七人。今回で四十九人。それほどの数をこなせば、今さら一人一人に感情的になることなどあり得ない。

巧の突き放した言い方に、二人は動揺することもなくまたしてもくだらない会話を始めた。

「なー、MORSEのメンバーだったらさー、誰がタイプー？」

坂木は相変わらず微妙に語尾を伸ばした口調で中高生のような質問を投げかける。

「くぅわぁぁ。悩ましい質問やなぁ。坂木はやっぱミズミン？」

坂木は拭き終わった伊達眼鏡をテーブルに置き、上の方を見ながら考えた。

「いやー可愛いけどなー。一回撮影しちゃうとさー、なんか別にって感じになっちゃうんだよなぁー。特にトップアイドルだとさー、会わないからこそ盛り上がれるっていうの？　撮影とかしてるとさー、ただのそこらへんの女の子と変わらないんだよなぁー」

「アホ！　あんな可愛い一般人おらへんやろ。で？　結局誰やねん」

別にいるだろ。と巧は声に出さずに呟《つぶや》いた。

「もし次撮影するなら……やっぱりアッキーかなー。一番いい女は彼女だろー。品もあって母性もあって色気もほんのり。たまんねーよなー」

伊藤亜希子《いとうあきこ》はミズミンと並ぶMORSEのフロントマンだった。スラッと長い首に象徴される大人っぽさとは対照的に、顔には若干のあどけなさが残っている。何事も器用にこなすタイプだが、少し地味な印象もある。黒く長い髪の毛もまた特徴のひとつだ。ミズミンが白なら、アッキーは紺といったところだろう。

「小日向は？」

「誰かなぁ。でも……マリエやろなー。俺Mやから」

藤井《ふじい》マリエはスペイン人の血が混じったクオーターというだけあってモデル体形で、挑発的な容姿をしている。無口で無表情なため、まるで機械のようだと言う人もおり、ファンの好き嫌いがはっきり分かれるアイドルだ。フロント二人が白と紺なら、マリエは紫といったところか。

「分かるわー、なんかSっぽいもんなぁ」

「でも実際MならMでめっちゃええけどなぁ」

はしゃぐ二人を無視し、巧は既にほとんどなくなっているビールを啜《すす》った。

「巧は？」

「誰でもいい」

タバコを灰皿に押し付けると中途半端に折れてしまったので、判を押すように火種を潰《つぶ》した。

「強いて言うならだよー」

「アイドルとか嫌いなんだよ」

「ったく。つれねーなー」

小日向はそのまま右手の箸《はし》で茄子《なす》のお新香をつまみ、横に添えられたカラシをたっぷり付けて口に運んだ。すぐに「うっわ、このカラシめっちゃきつい！　鼻痛ぁ！」とわざとらしく辛さと感動とをごっちゃにした声を漏らした。

このタイミングで、ようやく痩《や》せた若い男性店員がビール三杯とウーロンハイを運んできた。

「兄ちゃん、遅いでー」

「あぁ。……すいません」

店員は無気力に言って、面倒くさそうに飲み物を配った。彼が戻ろうとしたとき、小日向は店員に「なぁなぁ兄ちゃん。MORSEやったら誰がタイプ？」と鬱陶《うっとう》しく絡んだ。

「自分はマミリアの大ファンっす！」

突然目を輝かせて店員が言ったので三人は圧倒され、とりあえず坂木が「そう……ありがとう……」と答えた。

店員が行くと堪《こら》えきれず坂木と小日向は笑った。

「なんだ今の！」

「熱烈なファンなんやろー。もしミズミンのネタ撮ったってばれたら、巧刺されるんちゃうか？」

「ありえるわー、しかもマミリアのファンって！」

桜田《さくらだ》まみ通称マミリアは、伝統的なアイドル設定を守った乙女系で、自他共に認めるぶりっこキャラだ。そこが面白がられてバラエティ番組などに引っ張りだこだが、「タイプは？」と聞かれて「マミリア」と答える人間は少ない。色で言うなら間違いなくピンクだ。

「でもここまできて一回も名前出ないコメちゃんも可哀想だなー」

「あはは、まじやなぁ」

最年長でリーダーの米村佳代《よねむらかよ》は離れ目のぽっちゃりで、とても美形やキュートといえる容姿ではないものの、それが美形揃いのMORSEのいいスパイスになっている。歌番組のトークでは必ずといっていいほど外見を弄《いじ》られるが、笑って返す器の大きさから好感度は高い。「コメちゃん」という愛称からもそれが窺える。メンバーからの信頼も厚く、リーダーとしても相応《ふさわ》しい。しかしマミリア以上に、「タイプは？」と聞かれて名前を出すものはまずいない。色で言えば……ベージュってところだろうか。

「まぁ、でも坂木さんMORSEの女より今は人妻にお熱らしいですけどねー」

坂木は露骨に小日向を睨《にら》んでから、パッと明るい表情に切り替えて巧に言った。

「MとOこれからどうなると思うー？」

「どうもならんと思うで、過去の経験から言って。酔っぱらって地面で寝たことくらい、誰でも一回はあるやろ。そんなの撮られて馬鹿にされるなんて可哀想な仕事やで。有名税ってやつやな」

「でもさー。多少は影響あるでしょー」

「マジで愛し合ってたりすりゃ、むしろ好感度上がったりするからな。介抱したMは好感度上がる、介抱されたOは下がるってとこやと思うで。統計的に」

「まぁどちらにせよ、ミズミンの写真集が売れてくれるんなら俺としては問題なしだけどなー」

思い出したように巧は足下にある鞄《かばん》から紐《ひも》で封のされた封筒を取り出し、それを坂木に渡した。「おーサンキュー」と答え、坂木はその紐を注意深く解《ほど》いて中にある二十八枚のミズミンの写真を上半分辺りまで取り出して確認した。

「コレがよかったかー」

「ああ」

坂木の写真を暗室でプリントした場合、数日後にそれを渡す際のルールとして最も気に入った写真を一番後ろに重ねることになっている。前ではなく後ろなのは、写真になるべく傷がつかないようにするためだった。そして大体において坂木は巧が選んだ写真を使うのだった。

「お前のモノクロプリントは本当にいいよ。注文以上にしてくれる。おかげでこの写真集も格段に売れるかもな」

坂木はテーブルに置いたままだった長財布を開いて「今回はいくら？」と巧に聞いた。「五千円くらい」と答えると、坂木は二万円を差し出した。

「そんなにいらねぇよ」

「細かいのないんだよ。もらってくれ」

「いやいいって」

「ゴシップの効果もあるし、写真集は絶対売れる。だからもらっとけ」

巧は渋々受け取り、半分に折って、左の尻《しり》を軽く上げてデニムの後ろポケットにしまった。

「話題性もばっちりってか」

「巧の撮ったゴシップ写真で俺の写真週刊誌が売れて。巧のプリントした坂木の撮った写真集が売れて。マッチポンプもええとこやなぁ。俺ら全員儲《もう》けもんや」

巧は再びタバコに火を点《つ》け、空《くう》を仰いだ。

「なぁ巧ー、カラーもプリントしてくれよー」

「無理」

「最近行きつけだったカラーフィルムのプリント屋、潰れちまってさー。困ってんだよ。頼む」

「俺は白黒しかやらねぇ」

白黒とカラーのプリントは根本的に違う。カラーは全暗といって完全に真っ暗でなければいけない。セーフライトで可能なのは白黒のみなのだ。ただ手間はかかるが今の道具でもやろうと思えばできないこともない。しかし、巧は白黒しかやらない。

「昔はカラーもやってたのになぁ」

「昔の話だ」

「ユウアはお前から何もかも奪っちまったなぁ」

巧は無反応のまま、掠《かす》れてゆく煙を眺めた。

「八年も経つんだ。いつまでも白黒プリントやってないで、写真撮れよなぁ。俺は今でもお前が個展やるの待ってんだから」

「もう撮るもんなんかねーよ」

「それ聞いたらアンリが泣くぞ」

「勝手に泣けば」

煙はどこかに吸い込まれるように流れ、やがて空気に溶けていく。

「……最近の写真は写真じゃない」

「確かになぁ。今じゃ女優なんてマツゲ伸ばしたり数増やしたり、目大きくとか皺《しわ》減らしたりすんねんもんな。もはや整形やで」

「だったらお前が写真撮って世界を正せばいいだろう？」

坂木の声がわずかに震えている。背中がほんの少し疼《うず》いた。

「写真が好きならどんなこともやっちまう。それはお前が一番わかってるはずだ」

＊

そこそこに酔っぱらって店を出た。公園通りの湿った空気がＮＨＫの方から降りてきて、どんより三人の体を撫《な》でる。

「まぁ、ゆっくりやんのもいいけどさー、いつまでも逃げてたってしかたねえぞ。自分信じろよ。俺は巧の写真が好きなんだ」

その場で解散すると坂木と小日向は別々にタクシーに乗り、巧は渋谷《しぶや》駅から徒歩十五分ほどの目的地を目指した。スクランブル交差点を避けながら金曜日で華やいだセンター街をだらだらと歩く。

いつも上から言いやがって。何様だ。

十一年前、二十歳だった頃、巧と坂木はグループフォトクラブを結成していて、専門学生の間ではそこそこ名が知られるほどだった。何回か出版社の主催する賞のグランプリを受賞した経験もある。専門学校卒業後、坂木は有名カメラマンのもとで修業していたが、その師匠が突然病死してしまい、彼の仕事を引き継ぐ形になった。そのうちにだんだんと頭角を現し、今では新進気鋭の若手カメラマンとしてグラビア界ではそこそこ名を馳《は》せている。

巧は卒業後すぐにフリーのカメラマンとしてデビューし、斬新な色彩とモデルの使い方で早くも話題の人となった。定期的に開催した個展も上々、写真集も二冊出した。しかし八年前のあの日から、巧は写真を撮るのをやめた。というより、なにもかもをやめてしまった。

見かねた坂木がアシスタントとして雇うようになったのは、坂木の知名度が伸び始めた五年ほど前からだったと思う。それからゴシップを撮ることに快楽を見いだすまで、一年も経たなかった。

センター街を抜けて道玄坂《どうげんざか》を上り始めると、不意に雨が降り始めた。傘を買うのが面倒だったので巧は気にせず歩き続けたが、次第に膝《ひざ》が痛くなってきたので、適当な店の軒下に入って雨宿りをしながら、携帯を取り出した。

直接押し掛けるつもりだったが、香緒里《かおり》に電話をかけることにする。

「もしもし」

「今から行くわ」

「ダメ」

「誰かいんの？」

「今日はもう終わりなの」

巧はちらりと時計を見る。十二時六分。

「たかが六分オーバーじゃねぇか、別にいいだろ」

「無理」

「なんだお前、外国人か」

「日本人だけどアメリカナイズされてます。ってか明日《あした》も朝からいっぱいなの」

「もう着くから。あとタオル頼む。雨でびしょ濡《ぬ》れなんだ」

唐突に電話を切り、やや早歩きで雨の中を突き進む。時折走りながらも十分ほどすると繁華街も抜けて閑散とした住宅街になる。その内の一つのマンションの門をくぐり、三階へと上がって表札のない扉の前に立ち、チャイムを鳴らす。

ドタドタと足音が鳴り、ガチャと扉が開くと、この時間には似つかわしくない派手なメイクで香緒里は現れた。タイトな服は細身を強調していて、束ねられた髪は腰まであり、毛先にかけてグラデーションになっている。三十歳を過ぎた割に落ち着きのない外見は相変わらずだった。

「ざけんなよ巧」

「おはよう」

扉の向こうからお香のエキゾチックな香りが漏れ出す。

「おはよじゃねぇっつうの、酒くせぇ。飲んでる人間には施術できないのわかってるでしょ。とっとと帰れ」

「いいからいれろよ」

香緒里は右手の中指を立てて、巧の眼前に突き出した。中指には重々しいターコイズが入った指輪がはめられていて、甲にはトライバル柄のタトゥーが彫られている。

「いれねぇとここの不法営業ちくんぞ」

「てめぇな」

「そういった仕事にも近《ちけ》ぇんだよ」

香緒里は眉間《みけん》に皺を寄せて巧を睨《にら》みながら、くちゃくちゃとガムを噛《か》み続ける。おお香に混じってミントのきつい香りが巧の鼻を突く。

「しょうがねぇなぁ、ばか」

言い終わるくらいで香緒里は巧の腹部に拳《こぶし》を入れる。巧は即座に腹直筋に力を入れたが、ごつい指輪のせいで思いのほか痛かった。

ほんの少し顔を歪《ゆが》ませながら玄関を抜けるとそこにはいつも通りの見慣れた光景がある。

「何。アンタまた撮ったの」

「おう」

香緒里は巧にタオルを投げつけ、自分専用の席に座る。巧はその向かいのゲスト指定席に座った。

「で、今から彫れって？」

巧はタオルで頭を拭《ふ》きながら、顎《あご》を突き出すようにして軽く頷《うなず》いた。

「ったく。じゃあ、上脱いであっち行って」

巧はジャケットを脱ぎ、白いシャツのボタンを外しながら部屋の奥にあるマッサージ用のベッドに腰を下ろした。

「そんで？　今回は一枚？　二枚？」

「二枚」

ベッドの下のカゴにシャツとジャケットを放り込み、巧はベッドにうつ伏せになった。枕の部分にはうつ伏せになっても呼吸しやすいように穴が空いている。

香緒里は巧の背を囲うように彫られた葉のタトゥー——中心の部分だけは何も描かれていない——に沿って右肩から左の腰の辺りまでを一度撫で、墨を足す部分と柄を考えた。絡みついている四十七枚の葉とツタは黒で描かれているが、皮膚に馴染《なじ》んでいるせいで濃いグリーンのようでもある。

「こことここかな」

香緒里は巧の背の真ん中から少し左の辺りとそれよりも二十センチほど下をタッチしてから、全ての指輪を外して手袋をはめ、振り返って机に転がっている黒いペンシルを摑《つか》んだ。

「んじゃ下描きするから、じっとしてて」

ペン先が皮膚の上を滑っていく。背中がくすぐったい。

香緒里が自宅でタトゥースタジオを開いているのは夜九時から十二時の三時間だけで、昼間は医師としてこの近くにある自分の診療所で働いている。人目につきたくない患者や悩みのある患者などを対象にした診療所で、特に大きな看板は出ていない。

診察はもちろん、軽い手術やときには心理セラピーもする。しかし夜は彫師となる。

「今回は誰撮ったの？」

「ミズミンと岡田洋多」

「あぁ、あれアンタが撮ったんだ。かわいいわよね、あんなに酔っぱらっちゃって」

香緒里はペンシルを置いてポケットからスマートフォンを取り出して、巧の背中を撮る。背中全体とピンポイントで下描きの部分を一回ずつ、計三回シャッターを切った。

「出来た。こんな感じでいい？」

スマートフォンを受け取って背中の全体像を確認し、親指と人差し指で拡大したりする。それぞれの部分写真も見て巧は「さすが」と呟《つぶや》き、再び穴の中に顔を突っ込んだ。

「自分の一部になるんだから、もう少しちゃんと見なさいよ」

「信頼してっから」

香緒里はマスクをしてからタトゥーマシーンの電源を入れて、先端に専用の針《ニードル》を挿入した。針の末端だけをそっとインクに触れさせ、輪郭から彫り始める。

「いつまでこんなこと続けるつもり？」

背中に猛烈な痛みが走る。何度体験してもこのきつい刺激には慣れない。

「何が」

「あんた、もしかして歯止め利かなくなってるんじゃない？」

静かな室内にジジジとマシーンのモーター音がやかましく鳴り響き、そのせいで二人とも声が大きくなっている。

「終わらない作品を作る方だって辛いんだからね」

額に脂汗が滲《にじ》む。

「一生終わんねぇよ」

「じゃありック・ジュネみたいに全身タトゥーまみれになるまで続けるしかないね」

全身の血流が勢いを増していく。だんだんと酔いが回り、痛みに耐えているうちに巧はいつしか意識を失っていた。


大きな液晶モニターを備えたいくつものビル。HMVの看板。三千里《さんぜんり》薬品の横の天津《てんしん》甘栗。109。偉そうにそびえ立つQFRONT。ハチ公。

ユウアがスクランブル交差点の奥に見えた。ダリアの花束を抱えている。早々と歩く人々と違って、膨らんだお腹に注意を払い、一歩一歩丁寧に歩いている。七ヶ月も経つと随分と母親らしく見えるが、ゆらゆらと横に揺れながら歩く姿は可愛らしかった。あんなに好きだった化粧はすっかりしなくなって、いつもマメに染めていた髪も今では黒い部分の方が多い。妊娠前はいつもヒールの高い靴を履いていたため、フラットシューズを履いていると妙に小さく見える。

信号が赤になったばかりの横断歩道でユウアは立ち止まった。やかましい雑踏の中でユウアと目が合うと、彼女はそっと微笑んだ。

信号が青になった。人々はいっせいに歩き出し、ユウアもゆっくりとこっちに向かってくる。

カメラのファインダーを覗《のぞ》くと、渋谷の眩《まぶ》しい夜とはにかむユウアが画面に映った。ピントを合わせて構図を決め、シャッターを切ろうとした瞬間、汚らしい軽トラが荒々しく歩行者に突っ込み、人々はまるでドミノ倒しのようになぎ倒される。血まみれでぐしゃぐしゃの交差点。あちこちから聞こえる悲鳴。ダリアの花束は空を舞ったあとに渋谷のアスファルトに虚《むな》しく転がった。

タバコの臭いで目を覚ますと、視界はぼんやりと霞《かす》んでいた。手のひらで目元を拭《ぬぐ》い、体を起こすとかけられていたブランケットがひらりと落ちる。窓から差し込む朝日を感じながら、巧は後ろを向いた。

「やっと起きた」

椅子に座りながらタバコを吸う香緒里の髪は濡《ぬ》れていて、あの派手な化粧もごっそり落とされている。

「俺なんかした？」

「死ね。誰がお前とやるか。っていうかマジ寝過ぎ。あと十分寝てたら半ギレで起こしてた」

「わりぃ」

「アタシ仕事だから、あと三十分でここ出てね」

「写真見して」

煙に顔をしかめながら香緒里はスマートフォンを数回操作し、手を伸ばして巧に渡した。画面に映る二カ所の葉は針の刺激で紅潮していた。繊細な模様には生命力もあるが、一方で荒々しく、男臭い粗暴さもしっかりとある。

「さんきゅ」

ここへ来る度に見る悪夢を振り切りながら、ベッドの下の服を取っていそいそと着た。

「んじゃまたくるわ。写真俺んとこ転送しといて。今日の分は今度払うわ」

「いつまでツケにしとくつもりなのよ」

部屋から流れる音楽を背に廊下を抜け、玄関の扉を開ける。「おじゃましました」と香緒里に聞こえるか聞こえないか程度の声を放ってから、玄関横にある靴棚の上に左ポケットにあった二つ折の一万円札を二枚置いた。

帰路の途中でポケットから携帯を取り出す。留守電が一件。表示は坂木。昨晩午前一時過ぎ。

「おい、巧、すげー情報しいれてしまったー。今……ちょっとした人から聞いた噂なんだけどさ——が不倫なわけ。昨日話してたばっかりだからすげーびびっちゃったよー。このヤマ、張ってみろって。三ヶ月か、もっとかかるかもしんねーけど、確実に三十万超えるネタになると思うんだー。面白いから、今月は休んでも有給にしてやっからさー。しょぼいゴシップも撮りながら、これは絶対狙っとけよなー」

やめろっていったり、やれっていったり、なんなんだ。

そもそものちょっとした人って誰だ。それをネタにした方がよっぽど話は早いんだが。

しかしすぐに思い直す。そんなことをすべきではないと。

情とかではない。そんなことをすればネタ元はなくなるし、今の生活も変化してしまう。巧はこの「最低」という名の沼にいつまでも身を沈めていたかった。

自堕落で心地よく。痛々しく。このままずっと。巧はそう願っている。

2

亜希子　始まりの終わり　終わりの始まり

「卒業」って、なんて便利な言葉。

東京ドームのステージの上で、伊藤亜希子は脱退するミズミン——水見由香を見つめ、そんな風に思った。

「今まで本当にありがとうございました。十八歳から五年間、毎日が私にとって宝物でした。それも全部皆さんのおかげです。MORSEは卒業しますが、これからはアーティスト水見由香として一人で頑張っていきます。皆さん、私の新たなスタートを応援してください！」

ミズミンが声を張り上げると、客席から「ミズミンやめないで！」という声が聞こえた。「卒業」という言葉の意味を理解していても、ファンはいつもと変わらない思いで叫んでいるようだった。

「そしてこれからも、MORSEをよろしくお願いします！！！」

彼女が深々とお辞儀をすると再び歓声と拍手が鳴る。頭を上げると衣装のスパンコールが照明をきらりと反射した。

一方で亜希子は戸惑っていた。なんとか冷静になろうと胸の辺りを右手でぐっと押さえていた。

ミズミンが「卒業」するのはゴシップのせいだけじゃない。ミズミン「卒業」の案は前々から上がっていた。実際にこの六月の時期が「卒業」にベストなタイミングだったのは、ミズミンが二十三歳の誕生日を迎えたのと、プロデューサーのJ・Dが新メンバー導入を目論《もくろ》んでいたから。ミズミンはソロになってもやっていけるほどの人気もあって、同時に本人も女優、アーティストへの転身を考えていた。

J・Dは人気の安定したMORSEのマンネリ化を避けるために、今後の展開として、それぞれのメンバーをソロアーティストとして確立させることを狙っていた。ビジネスとして収入を生むことはもちろん、プロダクションとしてもその方がより地位を確立できる。MORSEは既にアイドルとしてブランド化しているために、その門さえくぐることが出来るのならタレント陣も将来を保証されたようなものだと信じている。アイドルから歌手、もしくは女優に転身して上手《うま》くいけば、タレントとしての賞味期限もぐっと長くなる。そもそも女性アイドルの賞味期限は短い。

全てを含めてミズミンが「卒業」すべきなのは今だった。グループにしがみついて、一人になるのが遅れてしまえばそれは彼女自身の首を絞めることになる。花は咲き誇ったときに摘み取られるべきで、萎《しお》れ始めればあとは枯れるだけなのだから。

今がそのベストな時期だったはずなのに、それが最悪のタイミングとなってしまったのは、先週発売された写真週刊誌の掲載記事のせいだった。

社長やスタッフには大目玉をくらい、ソロとして決まっていた活動も一度白紙になった。たかが人気若手俳優との熱愛などで仕事が減ったりすることもないのだけれど、いわゆる「罰」として事務所側から断ることになったらしい。

その一部始終を亜希子は他のメンバーとは違う目線で見ていた。ミズミンは仕事仲間という関係を超えて、親友のような互いに特別な存在だった。けれど彼女はMORSEからもういなくなってしまう。

ミズミンと同じステージに立つのが今日で最後だなんて、いまいち実感が湧かない。それでも親友の門出を祝いたい思いと、置いてけぼりをくったような寂しさが亜希子の中で混ぜこぜになっていた。

最後のステージに合わせた派手なメイクはほとんど崩れてしまっていて、ミズミンの頬にはマスカラが溶け出して出来た何本もの黒い筋があった。それでも一生懸命な彼女の姿には、プレー中のアスリートのような美しさがあった。

　観客の歓声が静まったタイミングで、亜希子は花束を抱えてミズミンの前に立った。ミズミンの涙は勢いを増し、顔中が墨汁に浸されたように黒くなってゆく。堪《こら》えきれず、右手で口元を覆った。

ばか。

　彼女の顔を見たとたん、愛情のような、母性のような複雑な想いが込み上げてきて、なんだか胸の奥がきゅっと絞られたような感覚になった。

「ミズミーン！」の歓声の中に「アッキー！」という声も混じる。

　メンバーを代表して亜希子が花束を渡すと、ミズミンから零《こぼ》れ落ちた涙が、カラフルな花びらをポツポツと黒く染めた。亜希子は泣き止まない赤ん坊をあやすようにそっとミズミンの頭に手を置いて、大人っぽく微笑んだ。

「これからは一人なんだから、もうそんな顔しちゃだめだよ」

　本人に聞こえるよう小声で呟《つぶや》くと、ミズミンの泣き声は激しくなり、そして飛び込むように亜希子に抱きついた。

「あっきぃ……ヒッ……ほんと……ありがとね……ぅ」

　二人の真ん中で花束のラッピングペーパーがくしゃくしゃと音を鳴らす。花の香りがふわりと二人を包んだ。

会場から再び拍手が鳴り、ステージにいる他のメンバーも大きく手を叩《たた》いた。

ミズミンは突然ぐっと体を引き離し、客席の方を向いた。

「これからも……っく……MORSEを……よろしくお願いします！」

増幅する拍手の中で亜希子はミズミンの代わりに段取りを進めた。

「それでは最後の曲になりました。聴いてください。『シャイニングスター』」

会場のボルテージが一気に上がる。

エレクトリックなイントロが鳴り、照明は歌に合わせて激しく切り替わる。亜希子はミズミンの腕を取り、手を繫《つな》いで歌い始めた。

たとえば　恋の　Ｉｌｌｕｍｉｎａｔｉｏｎ

空間一面に輝く無数のペンライトを見つめる。

最高だぁ。これが私にとっての星空。

ステージに上がる度に亜希子はそう思う。この景色に憧《あこが》れて亜希子はアイドルになった。

でも……ミズミンと一緒に見ることはもう二度とない。

亜希子は改めてミズミンを見た。片手で花束を抱えながらマイクで歌う姿がたどたどしくて、可愛らしい仕草が亜希子をよりやる瀬ない気分にさせた。

Ｓｈｉｎｉｎｇ ｓｔａｒ

この曲には振り付けがあるのに誰も踊らなかった。二人の様子を見て、メンバーは臨機応変にステージに一列に広がり、楽しそうに歌う。

数えきれないほどのステージをこなしてきたけれど、亜希子は今を一生懸命記憶しようとしていた。ミズミンとの最後のステージから観客とメンバーと照明と会場の温度——その他マイクの重さまで感覚として記憶に留《とど》めようと必死になってみる。でも間に合わず曲はアウトロを過ぎて終了した。目を合わせると、二人は自然と微笑み合う。

これでコンサートは終了するとファンは思っているはずだ。でも実は最後に重大発表があった。ミズミンはゆっくりと深呼吸をしてから、少しだけ沈黙を作る。会場全体に緊張がよぎり、観客の全員がミズミンの言葉を待った。

「ここで、発表があります」

ミズミンはまたわざとらしく黙る。ゆっくりと会場全体を見渡し、そして思い切った声で言った。

「新メンバー、勝浦百合《かつうらゆり》！」

興奮を煽《あお》るような音楽に合わせ、ミズミンは振り返って左手を斜め上に伸ばした。その先にはステージに設置された大階段があり、観客は奥にある豪勢な扉に目線を向けた。

ゆっくりと扉が開く。白く重たげな気体が隙間からじんわりと溢《あふ》れ、向こうから放たれる光がしなやかなシルエットを浮かび上がらせた。

天井からはぱらぱらと白と銀の紙吹雪が舞い散る。「百合」という名前に合わせてその色にしたのだろうけれど、花びらというよりは雪のようだった。

扉が開ききらないうちに少女は階段を下り始める。うっすらと百合の表情が見えた。切れ長の割に大きな黒目、筋の通った鼻立ちはアンバランスに思えるものの、大胆な口元がそれを中和している。名前に相応《ふさわ》しい白い肌とほんのり茶色い髪。全体的に凝り過ぎてない印象は、彼女の性格を体現しているのだろうか。紙の雪を潜り抜ける彼女は、まるで童話のプリンセスのようで思わず見とれるほどだった。

急な抜擢《ばってき》だったのか衣装はまだ作られてなくて、彼女が着ているのは高校の制服だった。幼気な童顔とは裏腹にとても高校生には見えないモデル体形で、観客だけでなくMORSEメンバーらもたじろいだ。

実はメンバーも百合と初対面だった。ミズミンも事前に名前を聞かされていただけで顔は合わせていない。全てはプロデューサーの計らいだった。

メンバーと同じ高さに降り立つと音楽は鳴り止み、勝浦百合はステージのセンターに立って止まった。

MORSE初の新メンバーに観客は当惑している――というよりまだ受け入れられない、といった異様な空気感。転校生に馴《な》れるには時間が必要なのかもしれない。拍手もまばらで、歓声も中途半端に途切れ途切れだった。

そんな転校生にミズミンは一度微笑んでから近寄り、そしてマイクを反対向きにして差し出した。これはつまり、しゃべらせるためだけにマイクを差し出したのではなく、このマイクはミズミンから百合へと受け継がれた、ということを表している。

百合はミズミンの瞳をじっと見つめている。ミズミンはその視線から、外見にはかけらも表れていない百合の緊張を感じ取ったようだった。

ミズミンが頷《うなず》いたのを見て百合はマイクをそっと受け取る。「勝浦百合です。よろしくお願いします」と言うと容姿の割にハスキーな声が会場に響いた。

「まだまだ実力はありませんが、これからMORSEの一員として頑張っていきたいと思ってます。応援よろしくお願いします」

眉間《みけん》の辺りが不安げに寄っているものの、意志のはっきりとしたコメントに会場からはようやく纏《まと》まった拍手が鳴った。

応《こた》えるように百合はお辞儀し、ミズミンの方を見つめた。

「先輩、おつかれさまでした」

初対面なのに「先輩」と言われてミズミンは少し驚いていたけれど、すぐに「ありがとう、MORSE、よろしくね」と返した。その声はマイクを通さずに言ったので、ステージ上のメンバーにしか聞こえない。ふと百合の眉間に寄っていた皺《しわ》がやんわりと解けていく。

センターに百合を構え、ミズミンと亜希子で挟む形になる。ミズミンは百合の肩を抱いて、客席に手を振った。メンバー全員も横並びになり、一緒に手を振る。

「ありがとー!」

ミズミンの声に続いて、メンバーもそれぞれ「ありがとー!」と言った。ファンの中には涙する人も少なくない。

ありがとう
亜希子も口元を動かすがマイクを通さずにしゃべっているため、会場にその声が届くことはない。徐々に亜希子の顔から笑みは消えていく。

これから大変になる。ミズミンがいなくなった今、マリエ、マミリア、コメちゃん、そして新しいこの子を私が引っ張っていくしかない。今まで以上に頑張らなきゃいけない。もちろんファンのためにも。そしてミズミンのためにも。私が頑張らなきゃいけない。もっともっと魅力的な女に私はならなくちゃいけないんだ。

——お前の魅力ってなんだ——

客席からジャックが話しかける。首はなく、手にはハロウィンのときにかぼちゃをくり抜いて作るジャックオランタンを持つジャック。

手を振ったり叫んだりするファンに交じって、ジャックは最前列の柵《さく》に腰掛けていた。いつもの光景だ。

——お前の魅力ってなんだ。顔か？　歌か？　ダンスか？　どれか一つでも秀でているものがあるのか？——

ジャックはこんな風に現れてはアイドルとしてのアッキーを否定する。もちろん他のメンバーには見えていない。

手に持たれたジャックオランタンがゆらゆらと揺れながら喋《しゃべ》り続ける。

——運くらいだろうなぁ。お前が持ってるものといえば——

ジャックの身体はぼんやりと黒い泡で覆われていて、マントの内側は紅色の光を怪しく放っていた。ジャックオランタンは嘲笑《あざわら》うような表情を浮かべていて、気味が悪い。

——あぁ～ミズミンやめちまうのかぁ。俺はミズミンが好きだったのになぁ。なんでお前じゃなくてミズミンがやめるんだよぉ。MORSEに必要なのはミズミンだろう？　なぁ亜希子。代われよ、お前が『卒業』しろよ、なぁ——

確かにそうかもしれない。ミズミンがいなくなるよりも、私がいなくなるべきなのかもしれない。人気だって実力だって、ミズミンには敵《かな》わない。

どうして私はここに立ってるのだろう。こんなたくさんの人の前に、どうして私なんかがいるのだろう。そもそもこのステージと客席との間にある大きな溝、そのこっちとあっち、一体何が違うんだろう。

……ダメ。ジャックに釣られないで。笑顔で手を振りなさい。亜希子。

自分自身に話しかける。亜希子は声援を送るファンに精いっぱいの笑みで応えた。

時折ジャックと目が合うが動揺はしない。出会って三年にもなるとやり過ごす方法も分かってくる。とにかく、今は何も考えない。

騒がしい歓声に包まれながらも二人は冷たく静かに見つめ合っていた。

＊

メンバーはそれぞれ自由に帰り支度を始める。衣装から私服に着替える人もいれば、シャワーを浴びる人、化粧を落とす人、何もせずにただスタッフと会話をする人。先ほどの距離感とは打って変わって皆《みんな》の行動はばらばらで、ステージ上での興奮も今は凪《な》いでいる。

「ほんっとに！　ありがとうございました！」

最後のステージを終えたミズミンは、楽屋の外の廊下でコンサートスタッフらに今までの感謝を伝えながら、収まりのつかない感情にどうにか整理をつけているようだった。

その声が楽屋の中まで届く。シャワーを浴びて着替え終わった亜希子はミズミンの声を聞きながら出入り口に最も近いテーブルでメイクをしていた。

「せんぱーい、これからおでかけですかぁ？」

衣装を着替えて支度を終えたマミリア——桜田まみが派手なアクセサリー類をじゃらじゃらと鳴らしながら近づいてくる。

「この時間にメイクとかエローい」

チークを重ねながらちらりと時計を見ると時刻は九時半を過ぎていた。

「静かにしてよ。マミリアこそそんなに胸の開いた服着て、どこいくの」

マミリアという愛称は、サクラダマミ↓サグラダファミリア↓サグラダマミリア↓マミリアといった具合でついた。名付け親は亜希子だ。マミリアはガウディのガの字も知らないらしいけれど、「マミリア」というあだ名は気に入っていた。「マミリアはいい子だからそんなことしませーん」と軽い口調で答えたけれど、その薬指には明らかに彼女の趣味ではないごつい指輪がはめられていた。

「んじゃ、お先でーす」

と、出て行くマミリアと入れ違いでミズミンが入ってくる。

「せんぱーい、これからおでかけですかぁ？」

亜希子の鏡越しに目を合わせ、ミズミンがマミリアの真似をした。

「あのね……もう」

こんなくだらないことをすることはもうなくなるんだろうなぁと思うと亜希子はあまり強く言い出せなかった。

「彼？」

ミズミンは亜希子にぐっと顔を寄せ、聞き取れるか取れないかくらいの声で囁《ささや》いた。

「うん」

「アッキー、私が言うのもなんなんだけどね……気を付けなきゃだめだよ」

「まったく説得力がありません」

「経験者が語ってるんだからー、ちゃんと聞いてよ」

亜希子が筆でグロスを塗っている後ろで、他のメンバー達が「おつかれさまでしたー」と言いながら楽屋を出て行く。

「ほんっと油断したときだからね。写真撮られるときってのは」

「油断してたんだー。だから男に酒飲ませちゃったんだー」

からかう亜希子の肘《ひじ》をミズミンがぐっと押すと、筆についたグロスは唇の輪郭からはみ出て顎《あご》の方まで伸びた。

「なにすんの」

「まだ傷癒えてないんだから」

コットンで顎のグロスを拭《ふ》き取り、上下の唇を触れ合わせてグロスの馴染《なじ》みを均一にした。

「さてと、行きますかね」

化粧道具をボックスにしまう亜希子の横で、ミズミンは固まったように亜希子の顔を見つめている。

「なに？」

「今までありがとね」

亜希子は手を止め、ミズミンを見返した。何か言おうと思うのだけれど凡庸な言葉は言いたくなくて詰まってしまう。無理矢理に「これからだって一緒でしょ」って言おうとした頃には彼女はぷいと振り返って、また廊下の方に戻っていった。いつもより細く見える背中は、静かな別れを物語っていた。

もしかして、泣きそうだったのかな。そう思うと亜希子の胸もじんわりと熱くなる。

そそくさと片付けを済ませ、亜希子は女性の割には野性的な匂いの香水を付ける。全ての支度を終えて楽屋を見回すとそこにはもう誰もいなくて、亜希子だけだった。マネージャーらはきっと廊下か会場の出口に車をつけて待っている。

立ち上がって荷物を持ち、ぼそっと「おつかれさまでした」と言って楽屋を出た。廊下へ出たがそこも閑散としていて誰もいない。

「おつかれさまでした」

突然の声に亜希子は驚いた。そこにいたのは新メンバーの百合だった。亜希子は百合の気配に全く気が付かなかった。

「びっくりしたぁ。まだいたの？」

「はい」

「なんで？」

「一応、先輩達をお見送りしようと」

「そう」

百合はあまりにも居心地が悪そうで、視線を細かく左右に揺らしながら話した。

「まだ、誰かいる？」

「水見さんがステージの方に行かれて、あとは皆さん帰られました」

「そっかー。もう帰るの？」

「はい。ただ、どうしていいのか分からなくて」

「段取り悪いね、家どこ？」

彼女が最寄りの駅を言うと「じゃあ、送ってあげるからついてきて」と亜希子は百合を連れて回転扉の方へとすたすた歩いていった。住まいを尋ねると、答えた場所は亜希子の目的地の方向とぴったり一致、というわけではなかったが無理な遠回りでもなかった。

回転扉を抜けると気圧の変化が鼓膜を刺激した。扉のすぐ前に白いヴェルファイアが横付けされていて、運転席のマネージャーが二人を確認するとエンジンは静かにかけられた。

後部座席のドアが自動で開き、亜希子が先に乗り込むと百合も後に続いた。再びドアが自動で閉まる。

「この子先に送っていくから」

それから行き先を伝えた。

「わかりました」

会場を出ると車道の両脇にはまだファン達がいて、手を振ったり大きな声で「アッキー」などと叫んでいた。高速に乗って後ろを確認すると、亜希子はようやく安心し、隣で俯《うつむ》いている百合を気にかけた。

「どうだった？　初めてのステージ」

「緊張しました」

「そうは見えなかったよ」

「ありがとうございます」

「何が？」

「送っていただいて」

「あーいいのいいの、気にしないで。これから、よろしくね」

「私、亜希子さんに憧《あこが》れてオーディション受けたんです。だから、こうして隣にいるのはなんていうか……」

「夢みたい？」

「はい」

「珍しいねー私に憧れてるなんて。そんな人いないと思ってた」

自分に憧れている人間が存在するなんて、どうしてもイメージできない。さっき私の名前を呼んでいた人も、本当はきっと私のファンなんかじゃないだろうと、つい思ってしまう。気を遣ってくれてるだけなんじゃないかって。

「います。ここに」

百合の顔をまじまじ見ると瞳《ひとみ》はうっすら涙の膜に覆われていて、亜希子はなんだか変な気分になった。

「あだ名とかって今まであった？」

「いいえ……」

別になくてもいいのだけれど、あった方がファンに親近感を与えやすい。もしMORSE側の人間が決めなくても、ファンの中からニックネームは自然発生してしまう。

メンバーからすれば変なあだ名になるのは嫌だろうし、どうせならこちら側で決めた方がいいに決まっている。メンバーやスタッフの誰かが考えて、本人がよければ採用という形になるのが今までの定石だった。決めたからといって「私は〇〇というあだ名になりました！」とどこかで発表するというよりは――マミリアは「マミリアこと桜田まみです！」とか今ではいうけれど――ファンの前やインタビューなどでメンバーが自然にそう呼び合えばあだ名は徐々に浸透していく。マミリアもミズミンもコメちゃんもそうやって愛称になっていった。

「じゃあねぇ……リリィってどう？　ベタかな」

「……りりぃ」

「だってなんだか……ゆりりんとか、ゆうゆとか、ゆりっぺとかゆりぽんとか、なんかそういう感じしないもん。なんかもっと……うん、凛《りん》としてる」

言葉を受けて百合は薄い頬をほころばせた。

「さすがです。思った通りの亜希子さんです」

「へぇ。どんな？」

「優しくて知性的でスティックで。かっこいいです」

「そんなことないよ、リリィ。よろしくね」

百合の手は薄く、指は枝のように細く、肉感は柔らかかった。それは自分とは対照的なように思えた。

すれ違う車のライトが二人を掠《かす》めながら過ぎていく。

百合の自宅前に到着するとおもむろに車のドアが開き、少し高いステップから百合は軽く飛び降りた。

「ありがとうございました。これからもご指導ご鞭撻《べんたつ》のほど、よろしくお願いします」

「硬いって。緊張すんのはしょうがないけど、もっと、カジュアルにね。カジュアルに、アイドルを演じるの」

百合が「ハイ」と言い終わるくらいで車の扉はスライドし、塞《ふさ》がった。

——偉そうになに言ってんだ——

先ほどまでリリィがいた席にジャックが座っている。

——どの口だ。『カジュアルにアイドルを演じる』なんていいやがるのは。『亜希子さんに憧れてオーディション受けたんです』『優しくて知性的でストイックで。かっこいいです』なんて言葉をまんまと信じたのか——

国道を走る車内を、反対車線の車のフロントライトが一瞬照らす。その度に浮かびあがるジャックのシルエットはぼんやりとしていて、いつにも増して薄気味悪かった。

——あの女の口八丁手八丁に乗せられたのかと思うと反吐《へど》が出るぜ——

「今からあの人に会うの」

ジャックは途端に口ごもり、いつしか姿を消した。

しかしジャックがいなくなってもなお、彼の言葉は亜希子の内で鳴り響いていた。自分の宙ぶらりんな立場に嫌気がさす。亜希子は自分に対して諦観《ていかん》しているものの、一方ではまだ自分に期待していた。潔くない自分にまた嫌気がさす。

考えている内にあらゆる感情がじりじりと摩擦を起こし、身体中が燃えてしまいそうな感覚になる。しかし亜希子はそれぞれが静かに沈殿するまで待つしかないのを知っている。彼が待つ場所へと向かう車内で、亜希子はその摩擦に耐えながらゆっくりと瞼《まぶた》を閉じた。

＊

だるい身体がベッドに吸い込まれていく中、なんとかその重力に逆らって身体を起こそうとすると、尾久田雄一《おくだゆういち》は「そのままでいいよ」と黒いシャツを着ながら背中で亜希子に言った。柔らかな間接照明が仄《ほの》かに雄一の肌を照らす。

「大丈夫……見てたいから」

雄一の広い背中は五十代半ばとは思えないほどがっしりとしていて、その筋肉質で若々しい身体を亜希子はじっと見つめた。

「ごめんなマキ。いつも一人にして。明日《あした》からまた新しい映画の撮影なんだ」

「主演？」

「いや今回は違う。ハリウッドと日本の共作映画でね。三番手さ」

「すごい。公開が楽しみ。頑張ってね、グイドさん」

雄一は振り返り、微笑んで首を上下させた。彼にはこんな風に一度顎《あご》を上げてから頷《うなず》くという癖があった。

「尾久田雄一」という誰もが知る俳優。海外でも「YUICHI」の名を知る人は少なくない。二年前に初めて出演した連続ドラマで共演したのが出会いのきっかけだった。撮影現場では挨拶《あいさつ》レベルの会話を何度かした程度だったので、ドラマの打ち上げで雄一のマネージャーである小林《こばやし》と名乗る人からこっそり電話番号を渡されたときは驚いた。芸能人と知り合うことは多かったものの、「昔のアイドルが今になって語るエピソード」のようなこんな経験をしたのは初めてだった。

迷ったけれど無視するのも失礼かと思い、翌日電話をかけた。またしても驚いたのは電話の相手が小林マネージャーだったことだ。電話番号はすっかり雄一本人のものだと思っていた。

「昨晩は突然申し訳ありませんでした。今晩空いてますか？　雄一様がお会いしたいと仰《おつしや》っていまして。もしよければ……」

執事のような口ぶりのマネージャーは続けて時間と場所を言った。「よろしいですか？」とあまりにテンポよく強引に尋ねるので亜希子はつい、「はい」と答えてしまっていた。

ただ万が一これが下心だけのデートの誘いであろうと、自分にもメリットはあると亜希子はしたたかに考えた。

「尾久田雄一」という天下を獲《と》ったような俳優と関係を持てば、今後の芸能活動にとってプラスとなるものが得られるかもしれない。絶対に何かが得られるなんて保証はないけれど、もしかしたら直接の仕事のチャンスになるってこともありえるし、演技の勉強になる部分もあるかもしれない。そのためだったら、身体の関係くらい安いもの。好奇心にも近いそんな目論《もくろ》みが亜希子には少なからずあった。

相手が指定した住所に着くとそこは予想通りホテルだった。今更になって動揺し、引き返そうとしたその瞬間、小林マネージャーから電話がかかってきた。

「部屋は２４０１です」

おそらく小林マネージャーは近くで私のことを見ている。そう思うと引くに引けず、思い切ってドアノブを捻《ひね》った。恐る恐る入ると、やはり尾久田雄一はそこにいた。ただ意外にも椅子に座って本を読む雄一の姿には強引さのかけらもなく、あるのは穏やかで柔らかな微笑みだった。

「座ったら？」と優しい声で言われたので素直に座ってみたものの、亜希子は緊張で硬直していた。そんな亜希子に雄一は「僕は君の演技、好きだよ」と言い、その後はまるでお見合いでもしているかのように「趣味は？」とか「最近観てよかった映画は？」とか「音楽は？」などと質疑応答の時間が流れた。

亜希子は今どきの子らしい答えを素直に言ったけれど、意外にも雄一は全ての情報を網羅していた。

「僕もＲＡＤＷＩＭＰＳ《ラッドウィンプス》好きだよ、哲学的で」「『ソーシャル・ネットワーク』はいい映画だったね。フィンチャーの作品群では少し異彩を放っているかもしれないが、僕は感動してしばらく席を立てなかったよ」

貫禄《かんろく》のある風貌《ふうぼう》から「フェイスブック」という言葉が出たときは、女性演歌歌手がサマンサタバサのバッグを持つような妙な違和感を覚えた。

でもなぜか嫌ではなくて、むしろ好感が持てた。若々しい感性を合わせ持っている人なのだ、俳優として常に流行をチェックしているんだな、と思うと真面目な性格は良いギャップを生んでいた。

初めて会ったこの日、それくらいの会話を済ませただけで雄一は亜希子の身体に指一本触れなかった。帰路に就く頃には、亜希子は既に雄一の虜《とりこ》となっていた。数回の密会を繰り返すうちに始まった身体の関係は、自然な成り行きだった。

不思議なことに、彼といるとジャックは姿を現さなかった。理由は分からない。誰もが知る国民的俳優との逢《あ》い引き、というのが亜希子に卑猥《ひわい》な優越感を与えているからだろうか。もしくは尾久田と同じく国民的大女優である妻、東淳子《あずまじゅんこ》から男を奪ったという悦楽なのか。どちらにしても、ジャックが現れないというのは救いだった。

二人はマキとグイドと呼び合う。それはもちろん周りの人間へのカモフラージュもあるけれど、外で会うことは絶対ありえなくて、つまり名前は電話さえ注意すれば済む。実際のところ、二人はそういったあだ名を楽しんでいた。

マキというあだ名はアキ・カウリスマキからきている。アキ・カウリスマキはフィンランドの映画監督で、アキ→アキ・カウリスマキ→マキ、と結果的になんだかあまり変化のないあだ名になった。亜希子は監督の作品の中で『過去のない男』という映画だけ観た。なんだか視線の交わらない映画だなぁという印象だったけれど、あだ名としては気に入っていた。

グイドはフェリーニの名作『8½《はっかにぶんのいち》』の主人公に由来するもので、これは雄一自身がつけた名前だった。作品が好きというのはもちろん、妻子もいて亜希子と逢い引きをするこの関係を自ら皮肉にしているようだった。不倫を男の個性に変換する傲慢《ごうまん》さと、そこに違和感を持たせない並々ならぬ色香が彼にはある。

雄一は袖《そで》のカフスを整えながら、上半身を起こした亜希子の隣に回り、ベッドの端に腰を下ろした。そっと亜希子の頬から首、肩を撫《な》で、左腕に触れそうになったとき、亜希子は瞬発的にその手を避けた。

「ごめんなさい」

雄一は少し驚いたようだったけれど、しばらく彼女を眺め、「いつもありがとう」と独り言のように言って亜希子の唇の縁にキスをした。亜希子は白髪交じりの雄一の髪を撫でつつ、不自然な毛の流れを揃える。「愛してる」と亜希子が言うと、雄一はまた静かに首を上下させた。

亜希子は気づいている。彼が「好き」や「愛してる」やその類いの言葉を絶対に言わないのを。

それでもいい。私が彼を愛してさえいれば。そうすればジャックは現れない。

そんな風に割り切っていながらも、時折挑発するように言葉で誘導してみるけれど彼はいつものように顎を上げて頷くだけだった。寂しくはない。いや、寂しいのは寂しいけれど、こうしてクランクインの前日など、仕事の節目に彼が会おうとしてくれるだけで十分愛されていると実感できる。

雄一は立ち上がってテーブルに置いてある鞄《かばん》の方へ行くと、黒く重厚な香水瓶を取りだし手首の辺りにつけた。官能的で男らしい、夜の深い森のような香りが部屋中に散る。その香りは亜希子と全く同じもので、いわゆる「対策」の一つとして合わせている。名はトム・フォードのノワール・ド・ノワール。

香水をしまい、次に取り出したのはDVDで、「宿題」とわざとらしく教師のような口調で亜希子に見せた。ジョン・カサヴェテスの『こわれゆく女』。

「ジーナ・ローランズの演技が凄《すご》いんだ。感想楽しみにしてるよ」

二人での外出が出来ないため、会話が退屈なものにならないようにと、逢い引きの度に雄一はDVDを置いていく。

アキ・カウリスマキも『8½』も彼が置いていった映画の一つだった。

雄一の手にあったDVDはそっとテーブルに置かれ、彼は「じゃあね」と呟《つぶや》いた。

「あ、そういえば、マキはツイッターしてる？」

「してないよ」

「どうして？」

「どうしてって……そういうのよく分からないから」

「ただ百四十字以内の文字を書いたり、読んだりするだけさ」

「でも事務所禁止だし」

「偽名ですればいいじゃない」

「でも……」

亜希子は言葉を詰まらせた。

「グイドさんはしてるの？」

「いいや。ただこの次の仕事がどうやらツイッターをテーマにした映画みたいでさ。わからないから役作りのために始めようと思っているんだ。たくさんの人にも勧められるしね。読むだけでもいいかなって、年甲斐《としがい》もなく考えているよ。もしやってるのならぜひ教えてもらいたいんだ。始めたらマネージャーに連絡してくれ」

今でも彼との連絡は小林マネージャーを介してする。お互いの番号やアドレスは知らない。これもまた「対策」の一つだ。

彼は後ろ髪を引かれる様子もなくホテルの部屋をあとにした。重々しいドアの音が遠くで響く。再びベッドに横になり、先ほどまで触れていた彼の皮膚感を思い出して指先を擦《こす》り合わせた。

そして亜希子はいつものように、雄一と会ってからのおおよそ三、四時間を振り返る。小林マネージャーから部屋のキーを受け取り、カードキーを差し込んで扉の奥へ行くと仄《ほの》かにバーボンの香りがして、いつも通り彼はそこにいる。姿勢よく文庫本を読む雄一は、最近酷《ひど》くなったという老眼のせいで小さな眼鏡をかけている。その姿が亜希子は好きだった。若々しく仕事をする彼に「老眼」という言葉は相応《ふさわ》しくないけれど、眼鏡は「グイド」には必要なアイコンで、そのヴィジュアルを知っているのは彼の家族と私だけ、と思うとまた嬉《うれ》しくなった。

「おつかれさま」

眼鏡を外して目を細くした彼はなんだか難しそうな文庫本を読んでいた。亜希子が百合を送って行ったこともあってか、バーボンはグラスにまだ随分と残っている。つまり、二杯目か三杯目……しかし彼に酔った様子はなかった。

文庫本にしおりを挟み、立ち上がって亜希子の鞄をテーブルの上へ、そして上着を脱ぐのを手伝う。

そして二人は糊《のり》の利いたシーツに落ち着き、課題だった映画『ビフォア・サンセット』について話し合った。と言っても難解な映画批評を彼が述べる訳ではなく、初めは映画の好きなシーン、カット、台詞《せりふ》などについてお互いが列挙して、それからは「じゃあ僕らが別れて九年後に再会するとして、そうしたらどこがいい？」みたいに、設定を引用した妄想を膨らますのが常だった。しかし話すのは亜希子の方ばかりで、

「パリがいいわ」とか「でもロンドンもいい」とか、それに対して雄一は「うんうん、いいね、そうだね」とやはり頷《うなず》くだけだけれど、それでも亜希子は嬉しかった。

しばらくすると二人は沈黙し、やがて始まる。雄一の低い体温が心地よく、適度な浮遊感もありながら、ある種の緊張も常に一定以上あって、つまり快楽――。

追憶する内に亜希子は眠ってしまっていて、カーテンの隙間から溢《あふ》れる日差しで目を覚ます。スタンドライトの灯りと午前七時の太陽光は全く交わらず、寝ぼけ眼の亜希子は自分が昼夜の境界線にいるように錯覚した。

裸の身体にシャワーをあてたまま放心し、しばらくしてから亜希子は日常を感じる。アイドルとしてのアッキー、愛人としてのマキ、一個人としての伊藤亜希子。三人の人格が彼女の中には生きている。どれもが日常だが、自分が今日常の中にいると気付くのはこうしたふと息を吐く瞬間くらいだった。

全ての支度を終え、小林マネージャーに連絡する。

「今から出ます」

「分かりました」

短い会話を済ませ、十分ほどしてから部屋のチャイムが鳴る。ドアを開ければいつも通り爽《さわ》やかにスーツを着こなした彼のマネージャーがいて、カードキーを渡すと同時に部屋を出る。

車寄せでタクシーを拾い、自宅へ向かう。車の背後を確認し、亜希子はマスクを顎《あご》の方にずらして深呼吸した。

鞄からスマートフォンを出す。時間を確認していくつかの未読メールに目を通し、今日の予定を思い出す。

夕方五時から新曲振り付け。

雄一宛《あて》のメールを打って小林マネージャーに送った。

「昨日はありがとうございました。また会える日を楽しみにしています」

スマートフォンをしまおうとして、ふとツイッターの件を思い出す。

ネット社会との断絶を徹底していた亜希子も、雄一の誘いに揺らぐ。

彼との話題作りのためにも、アカウントを作ってみようと、インターネットでツイッターのホームページを開く。

亜希子は手間取りながらもあらゆる項目をひとつひとつ丁寧に埋めていった。名前には本来の監督の名のアとマを反転させたマキカウリスアキと入力し、メールアドレスとパスワードも設定する。ユーザーネームはａｋｉｍａｋｉ１０１０×××。１０１０は雄一の誕生日、十月十日から引用した。「ツイートを非公開にする」の部分にチェックマークを入れるか考えたけれど、名前もユーザーネームも違うため別に不必要かと思い、やめる。そもそも呟く気はなかった。

全ての設定を終え、亜希子は何も、誰のツイートもないスマートフォンの画面を見た。小林マネージャーに「ツイッターはじめました。マキカウリスアキが名前でユーザーネームがａｋｉｍａｋｉ１０１０×××です。雄一さんにお伝えください」とメールをする。

まだ自宅までは距離があった。手持ち無沙汰《ぶさた》になるのが嫌で、ツイッターの使い方もよくわからないまま、検索のところをタッチする。

キーボードが画面に現れるものの何を入力していいか分からず、亜希子は何の気なしに自分の名前を入力してみた。そして検索をタッチする。

えっ？

思わず声が出たのはそこに伊藤亜希子＠ａｋｋｉｙ４１７×××というトップユーザーが表示されたからだった。

私だ。私の名前で誰かがツイッターをしている。

画像も本人の写真で、おそらく以前に亜希子が掲載された雑誌から使われていた。

軽い衝撃を受けながらも、その伊藤亜希子＠ａｋｋｉｙ４１７×××のアカウントをタッチすると「アッキーこと伊藤亜希子です　ツイッター始めたよ♡」というプロフィールが表示された。

フォロー　０人。　フォロワー　８６１１人。　ツイート　２。

ツイッター初心者でもおおよその意味は理解できる。ツイートは呟いた数。フォローはこの人が呟きを見ている人数。フォロワーがこの人の呟きを見ている人数ってことか。

え、ツイート２？

ツイート２というのはどこか奇妙な感じがする。少ない。画面を人差し指で上にスライドさせるとその二つのツイートが現れた。

「ツイッター始めましたなう！　よろしく！　ライブうぃる」

「ライブ終了！　めっちゃ最高でした！　ミズミン！　今までありがとー！」

日付はどちらも昨日。

一度は動揺したけれど、ツイートをしているのはファンに違いない。亜希子はそう思いながらも、とりあえず「フォローする」をタッチすると、フォロワーは８６１２人を表示した。

3

巧　叶《かな》わなかったパースペクティブ

　情報の曖昧《あいまい》さに舌打ちしたものの、巧は坂木の依頼に乗った。ネタが白ならそれでいい。坂木は有給休暇にしてやるとはっきり言ったし、事実、日本を代表する俳優の尾久田雄一が人気アイドルの伊藤亜希子と不倫関係にあるとなればスクープどころの騒ぎじゃない。尾久田雄一・東淳子夫妻は世間ではおしどり夫婦の印象が強く、昨年パートナー・オブ・ザ・イヤーに選ばれたばかりだった。

　タレントの二股《ふたまた》くらいで騒ぐような世の中だ。万が一不倫が露呈したならば、世間からのバッシングは避けられないだろう。尾久田に対して好印象だった人間ですら手のひらを返して彼を叩《たた》くのは目に見えている。尾久田雄一の居場所はなくなるに違いない。

その爆弾を巧は自ら放ちたかった。そして周囲の人間が引き波のように去っていく様をぜひ見たいと思っている。自分の娘とそれほど歳の変わらない女性と不倫をする気持ち悪い男には鉄槌《てっつい》を。ヴァン・ヘルシングのような思いで巧は尾久田のことを狙っていた。

もちろん伊藤亜希子もだ。自身の父親とさして年齢の違わない男と愛人関係を結ぶなんて想像しただけで吐き気がする。

巧は自分の不器用で生真面目な恋愛観を自覚している。しかし歯止めが利かない。不倫＝悪しきものだという揺るぎない信念が巧にはある。それは倫理観からではなく、至極個人的な、殺意にも似た嫌悪だった。

坂木の電話から数日後、既に二人の自宅は調べがついていた。小日向のサポートがあれば、そんなことはお安い御用だった。

今日から巧は本格的にパパラッチを始動させる。

どうやら今、「水見由香のMORSE卒業ライブ」が開催されているらしい。ならば伊藤亜希子側をマークしたりはしない。狙うは尾久田の自宅からだ。

普段から厳重な警戒が、イベント直後にはより慎重になる。そんな中に突っ込んで車を追いかけ回すのは、自己紹介するようなもんだ。どちらかと言えば仕事以外での生活パターンを探り、接近するのが得策と言える。こういった女性アイドルには特にだ。

尾久田の自宅に向かう前に、既に数冊出版されている伊藤亜希子のスタイルブックを買うため書店に寄った。スタイルブックというのは写真集にファッションやライフスタイル――愛用しているコスメやお気に入りのブランド、ペットの犬や家具、よく通っているレストランやジム等――を掲載した出版物のことを指す。もちろんその中に全てを曝《さら》け出しているわけもなく、本当の「隠れ家」を本なんかに紹介しているとは思えないのだが、上手《うま》くいけばいくらかいい情報が拾えるかもしれない。念のために読んでおこうと、巧はそれを購入することにした。

その他大量のMORSE掲載誌も手に取り、本の山をカウンターに置いた。書店員に熱烈なファンだと思われるのがどうも嫌で「どれもカバーはいりません」とぶっきらぼうにいい放ち、丁寧に渡そうとする品物を奪い取るような形で店をあとにした。

港《みなと》区の高級住宅地へと向かい、尾久田宅から少し離れた場所にあるコインパーキングに駐車した。車を降りると、そこは都会のど真ん中にあるとは思えないほど薄暗く、閑散としていた。

何も聞こえないイヤホンを耳にかけ、ただ夜の散歩をしているだけ、といった身なりで五分ほど歩くと二階建てのいかにも芸能人が住んでいそうな邸宅が路地から顔を出した。

ここへ来たのは二度の様子見以来三度目になるが、車から降りてまじまじと観察するのは初めてだ。

相変わらず気に食わない家だ。

威厳のある門構え、隅々まで行き届いたこだわりのガーデニング、シミ一つない壁面、その中にそびえ立つモダンな様式の住居、まるでフィギュアのように一定の向きに並んだ高級外車……。

壁伝いに家を一周したが、家の中の様子はどこからも見えなかった。ため息をついて車の方へ戻ろうとした時、ガラガラと窓の開く音が聞こえた。

「やだー、焦げ臭いよママ」「だって換気扇壊れてるの忘れてたんだもの」「よりによってなんで魚焼いたわけー」「だからごめんってば」「あ、この芸人さん面白いよね」「そう？　共演したときは全然だったわよ。普通のことしか言わないの。私の方が絶対面白いわ」「えーひどーい」

ほんのりと焼き魚の匂いが漂う中、東淳子の声と、おそらく娘だろう声が届く。楽しげな会話は、巧に幸せな家庭を想像させた。それは同時に不幸を回顧させ、ブラックホールのような絶望へと突き落とす。

ふと電話が鳴った。相手は小日向だ。

「尾久田様、お仕事が終わったそうでっせ」

「了解」

あらかじめ、尾久田の仕事が終わったら連絡をくれと頼んでおいた。切り際に

「ちなみに明日《あした》から映画の撮影らしいぞ」と小日向は付け加えてきた。小日向のパイプに改めて驚かされる。

巧は踵《きびす》を返し、コインパーキングへと戻ってから車を移動させてエンジンを切った。そこは尾久田が自宅に帰る際必ず通らなくてはならない通りで、なおかつ車が停車していても違和感のないスペースだった。どのような家にも、そのような絶対に合法手では逃れられない、「チェックメイト」された場所がある。しかし念のためカモフラージュが利くよう、車の両サイドには「出張マッサージサービス　オアシス」という少し如何《いかが》わしい雰囲気のマグネットシートを張っておく。もちろん架空会社だが、そのシートのおかげで人が近寄って来ることもなく、警察に通報されたこともほとんどない。

巧は車内の電気を消したまま雑誌を開き、MORSEの記事が載っている箇所を読み始めた。ページを捲《めく》るスピードは暗い車内で読むには速すぎるが、巧はしっかりと情報を掬《すく》い取っていた。

一般的な人間は暗い場所では昼間の視力よりも低下するものだが、巧は二・〇もある視力を夜間も維持できる。動体視力も変化しない。彼の目には暗視スコープがつい

ているようなものだった。これは他のパパラッチよりも圧倒的に優れている点と言えるだろう。八年前の事故と引き換えに巧が得たものは、唯一この才能だけだった。

雑誌、スタイルブック、ファンサイト、電子掲示板サイトなどの伊藤亜希子に関する記事や情報全てをあっという間に読んだ。しかし残念ながら、特別ゴシップへのヒントになるものは見当たらなかった。どれもこれも当たり障りの無い言葉ばかりの記事だ。この数時間で掴《つか》んだ情報はどれも無駄なものばかりだった。

「好きなタイプは優しくて頼りがいのある人」とか「嫌いな食べ物はチャンジャ」とか「好きな色はパステルカラー」とか、つまらないコメントの羅列。中でもウィキペディアには出生時の体重まで掲載されていて、あまりにもどうでもよくて笑ってしまった。

ただひとつだけ、目を留めた記事があった。スタイルブックの中で、「好きな映画は？」という問いに伊藤亜希子は「アキ・カウリスマキの『過去のない男』」と答えている。サブカル好きや映画好きの面影もない二十代前半の女性アイドルが、好きな映画を聞かれてこれを挙げるのはなんだか違和感がある。明らかに浮いているのだ。匂う。尾久田の影響か。

どれほど自己プロデュースを徹底していても綻《ほころ》びは必ずある。

スタイルブックをぴしゃりと閉じ、スマートフォンにパスワードを入れてロックを解除する。ツイッターのアプリを起動させ、「検索」に「伊藤亜希子」と入力した。

ツイッターも有力な情報源だ。パパラッチにとってはネタの宝庫である。

検索すると、ほとんどが賛美や批判、もしくは「このカフェの店員伊藤亜希子に似てる！」のようなものばかりで情報獲得の効率は悪い。しかし稀《まれ》に、目撃場所などパパラッチにとって貴重なツイートが流れてくることがある。

膨大な量のタイムラインを常時、全て確認するというのは無理があるが、そのとき追いかけているターゲットの名前を定期的に検索することを巧の日課としていた。そのあとには「伊藤亜希子 目撃」「アッキー 目撃」「アッキー 噂」など色々な組み合わせで検索し直すのだ。

「伊藤亜希子」で検索をかけると、意外なことが判明した。伊藤亜希子がツイッターを始めていたのだ。奇《く》しくも今日から。ツイート二件。

これは役立つかもしれない。もちろん自分の居場所をツイートしたりはしないはずだが、情報が多いに越したことはない。他人のツイートと照らし合わせて、上手くいけばおおよその場所や行動は特定できる可能性もあった。

巧は「フォローする」をタッチした。

リクライニングを少し倒して背中を伸ばした。首の筋肉を解《ほぐ》すように左右に数回振り、深呼吸をするとあまりの順調ぶりに巧の口から思わず笑みが溢《あふ》れた。

ふと、先ほどの笑い声を思い出す。東淳子と娘の楽しげな笑い声。それに伴って、想像してしまった幸せな家族の団欒《だんらん》が頭をよぎる。急激に胸が締め付けられていく。

もしユウアが子供を産んでいたら、あんな風に笑っていたのだろうか。テレビを見て、流行の一発ギャグを織り交ぜた会話をしていたのだろうか。俺も娘から、パパと呼ばれていたのだろうか。

思い出の場面がサブリミナル的に脳裏に蘇《よみがえ》る。

「髪染めるのも胎児に悪いのよ」とユウアは口癖のように言っていた。そんなわけないだろ、と馬鹿にするように答えるとユウアは真剣な眼差《まなざ》しで「じゃあどうして安全って言い切れるの」とまたしても常套句《じょうとうく》を持ち出し、それからは一方的に怒られる、というのがお決まりになっていた。

好きだったピチカート・ファイヴを「胎教よ」と言いながらお腹の子に聴かせていて、「クラシックとかの方がいいんじゃないの？」というと「つまんない人」と舌を出して音楽に身体を揺らしていた。

ベビーベッドや幼児用のおもちゃで部屋が狭くなっていく窮屈さが巧に充足感を与えていた。

どんなことも発端はいつもまだ見ぬ子供で、巧は幸せという言葉の端っこを摑んだような気でいた。

しかしユウアが死んで、何もかもがらんどうになった。

部屋に残ったベビーベッドに寝てみた。柵《さく》に膝《ひざ》を引っかけて見た天井からは、巧を嘲笑《あざわら》うかのように愉快なおもちゃがぶら下がっている。

今更思い出してどうなる。死にたくなるだけだろう。いや、既に死んでいるも同然か。

落ち着きを取り戻そうと、タバコに火を点《つ》ける。ゆっくりと思考を停止させ、巧は尾久田の帰りを待った。

ワンボックスカーが巧の車を横切ったのは深夜二時四十三分だった。ナンバーは間違いなく尾久田のマネージャー——小林の車だ。

仕事が終わったのが九時半頃。移動を含めても空白の四時間半がある。実に怪しい。友人と飲んでいたか、もしくは野暮用か。五十代半ばの俳優が映画のクランクイン前日にする野暮用……。

やはり匂う。経験から言っても限りなく黒だ。

巧はそのまま車に待機する。尾久田に関しては今日はここまでだ。どうせアイツは明日に備えて寝るだけだろう。今日の真のターゲットは尾久田ではなく、実際は小林の方なのだ。

すぐに尾久田を降ろしたワンボックスカーが戻ってきた。三十秒数えて巧はキーを回し、小林を追う。

気づかれないようライトを点けずに、三台分以上の距離を保つ。暗闇での運転が可能なことも、巧を優勢にさせていた。深夜のせいで車数が少ないが、相手は感づいてはいないようだ。別段巧を撒《ま》く気配もなく、のんびりと外側の車線を走っている。

尾行しながら、尾久田と東の様子を想像した。主人が帰ってくるまで起きていた貞節な妻は、今頃笑顔で彼を迎え入れているのだろうか。上着を脱がせ、温かい風呂《ふろ》に先導し、洗い立てのタオルを洗面台に置いているのだろうか。そんな淑女に対して尾久田もそっと微笑み返し、そして何事もなかったかのように自分の身体に纏《まと》わりついた伊藤亜希子の体液を排水口に流すのだろうか。

紳士淑女の仮面を被《かぶ》った二人を想像すると、途端に虫酸《むしず》が走る。胸焼けする気分を抑え、巧はまた急いでタバコに火を点けた。

驚いたことに小林が車を停めた場所はホテルの近くだった。

小林は車から降りてこない。つまり何かを待っている。

とりあえずヤツの車が再び動き出すまで待とう。上手《うま》くいけば伊藤亜希子が出てくる。


ビンゴ！


と、心の内で叫んだ頃には空は明るかった。かれこれ五時間ほど、反対車線に停まった小林の車を注視していると、突然彼が車から降りてホテルの方に向かっていった。眠気を堪《こら》えるのはそろそろ限界だったが、どうにか目で追う。ほどなく、巧の睡魔は一瞬にして吹き飛んだ。

出てきたのはサングラスにマスク姿の伊藤亜希子だった。車寄せに溜《た》まったタクシーを呼び、すぐに乗り込む。

あまりにも上手くいきすぎだった。このペースなら来週あたりにはパパラッチできそうだ。巧は自分の嗅覚《きゅうかく》に感動すら覚えていた。

伊藤亜希子がただホテルに泊まっていた可能性は？　もしくは尾久田以外の男と泊まっていた可能性は？

どちらも限りなく低いだろう。ホテルの前に尾久田のマネージャーである小林がいて入れ違いに伊藤亜希子が中から出てきた。これは尾久田と伊藤亜希子になんらかの関係があると考えるのが妥当だった。

巧は思わず武者震いする。賭博《とばく》にも似た感覚だ。

緩む頬を引き締め直し、すぐさま車を降りて「出張マッサージサービス」から「サイトウ　クリーニング」と書かれたマグネットシートに張り替える。もちろんこっちも架空だ。時間に合わせてこの車は職業を変える。

タクシーの行く方向とは別の道から、巧は伊藤亜希子の家へと向かう。ルートは既に下調べ済みだ。先回りしてチェックメイトに車を停める。

数分後にタクシーが横切り、五十メートルほど先でハザードを出した。伊藤亜希子が料金を払っている間に、超望遠レンズのついたデジカメを取り出す。特にシャッターチャンスという瞬間ではないが、「朝帰りの伊藤亜希子」という写真は需要がありそうだ。小日向ならこれに合わせて喜んで記事を書くだろう。

タクシーから降りてマンションの壁で見えなくなるまでの間に五枚ほど撮影できた。画像を再生する。スッピンの伊藤亜希子は肉眼で見るより艶《なまめ》かしく官能的で、男といたからではないか、と安直な推理すらしたくなるほどだった。パパラッチ初日にしては上々の出来だ。

徐行しながらぐるりとマンションを一周する。小日向の情報だと亜希子は三階に住んでいるらしいが、どの窓の部屋だろうか。

そのときふと一部屋のカーテンが開く。伊藤亜希子が眩《まぶ》しそうに目を細めるのがすぐ真上に見えた。

まるで鍵《かぎ》をかけたかのように、ぴたりと視線が合った。彼女はすぐに眉間《みけん》に皺《しわ》を寄せ、勢い良くカーテンを閉めた。

「サイトウ　クリーニング」のシートのおかげで写真週刊誌とは疑われていないと思うが、顔と車はしっかりと見られてしまった。伊藤亜希子が気に留めたとも思えないが、念のためこの辺りをうろつくのはしばらく控えた方が良いかもしれない。

失態を後悔しながらゆっくりとスピードを上げ、一キロほど移動したところにあるコンビニに車を停めて強めにサイドブレーキを引いた。

身体は正直だ。いくら吹き飛ばしても疲れは返ってくる。巧は栄養ドリンクを求めて自動ドアを潜った。いくつかある中からカフェインの濃度が最も高いものを選び、ついでにアイスコーヒーとランチパックのツナマヨネーズを買う。コンビニを出ようとしたとき、雑誌コーナーの数冊が気になり、ぱらぱらと立ち読みをしてみた。一冊は「カメラ特集！」という名で、可愛らしい女の子やアバンギャルドに作り込んだものの、ただのスナップなど様々な種類の写真が載っていた。

巧は無表情のままじっくりと眺め、それぞれのインタビュー記事まで読んだ。ユウアと共に失刺激的な写真のはずなのに、撮りたいと思わない自分に失望する。

われたカメラへの情熱は、果たして何処かに転がっているのだろうか。

窓越しに眺めた道路は朝日に照らされていて、嫌味なほど爽《さわ》やかだった。その道を黒いスポーツウェアにキャップをかぶったひとりの女性が窓の外を走り抜けていった。それは間違いなく、伊藤亜希子だった。

一瞬背筋が凍るような思いをしたが彼女はわき目もふらずに走り去り、今度は視線が合わずに済んだ。

しかし、帰宅したばかりでジョギングをするとは、なんてハードな生活だろう。割と速かったが、あの速度でどれくらい走れるものか。

車に戻って栄養ドリンクを飲んだが眠気はどうにも治まらず、仕方なく車内で仮眠をとることにした。

眠るまえに、もう一度ツイッターをチェックした。すぐに目に飛び込んできたのは伊藤亜希子の「朝帰りなう！」という呟《つぶや》きだ。時間は四十八分前。

巧は不審に思った。そんなはずはない。その時間はコンビニから出て数分のはずで、彼女は走っていた時間だ。信号待ちでツイートできるような走り方ではなかった。

偽者？

……しかし内容は事実だった。もしかすると気持ち悪いストーカーでもいるのだろうか。けれどどのみち俺には関係ない。有力な情報を提供さえしてくれれば、こっちは万々歳なのだ。それしかない。

4

亜希子　ヒビの入ったグラス

ジョギングを終え、海外アーティストのＤＶＤを見ながら筋トレをして、それからシャワーを浴び、午後四時にスタジオに入った。誰もいないスタジオは、とても気持ちがいい。誰かが入ってくる気配もないので、その場で服を脱ぐ。電車一両分ほどの鏡の前で下着姿の自分を亜希子は凝視した。

これからはあなたがこのグループを引っ張っていくの。誰も助けてくれないんだから。

筋肉の隆起によって身体中に陰影が出来ている。左腕の傷はここからは見えない。

――女性アイドルらしからぬ身体だな――

鏡越しに映るジャックは後ろの壁にもたれかかり、片膝《かたひざ》を立てて座っている。地面に置かれたランタンは裂けた口をもごもごさせた。

——お前が鍛えているのはなんのためだ——

「仕事のため、ダンスのため、ファンのため」

——違うさ。自己満足、現実逃避、そんな感じだろう。『私は努力している』という言い訳をするためのな。別に脱ぐ仕事なんかお前にこないだろうに——

ジャックがむくりと立ち上がると、左手に握ったジャックオランタンがぶらぶらと揺れる。

「そんなことない。いつかグラビアだってくるかもしれないじゃない。身体のキレだって変わってくる」

——ミズミンはしてなかったがな。それでもお前よりグラビアやっているし、ダンスも上手《うま》いんじゃないのか——

亜希子は左後ろに向かって二回転し、そのまま後ろ回し蹴《げ》りをした。そこにはジャックオランタンがあるはずだったけれど、右足は空を切っただけだった。

上下セットアップのジャージに着替えて髪を束ね、設置されたスピーカーにスマートフォンを繋《つな》いだ。ビヨンセの「カウントダウン」を選曲する。イントロが流れると亜希子は徐々に身体を揺らし、覚えたばかりの振り付けを踊り始めた。それは亜希子が個人的に通っているダンスレッスンで覚えたものだった。亜希子は誰にも内緒で三年ほど前から事務所のレッスンとは別にダンスを習っていた。

覚えたてとはいえ身体は自動的に動くけれど、細かい部分を確認するように半分ほどのパワーで練習する。振り付けがあるのは一番だけなので、ふたたびスマートフォンを手に取って最初から流す。

再びイントロが聞こえる。今度は身体の末端まで集中させ、全力でパフォーマンスをする。一つに結われた黒い髪がターンの度に頰に当たるけれど気にしない。フローリングとスニーカーのラバーが擦れ合って、キュッと鳴り響く。鏡の中にいる自分は焚《た》き付けるようにこっちを睨《にら》みながら、激しく身体を振り回した。

五回ほど繰り返し踊ると、亜希子は少し疲れた身体を解《ほぐ》そうと前屈をした。ポニーテールの先端が床を撫《な》でる。亜希子はしばらくそのままの姿勢で呼吸を整えた。反り返ってばたりとフローリングに仰向けになる。

高い天井を眺めながら亜希子の腹部が思わず痙攣《けいれん》する。なににも代えられない解放的な快感。思わず声を出して笑う。その様はまるで狂喜にも見えるのだけれど、亜希子は至って丁寧にその喜びを感じている。

汗で濡《ぬ》れた背中に、フローリングの冷ややかな温度が沁《し》みる。

天井には防音のための無数の穴が並んでいて、星空のようだった。

あの穴とあの穴とあの穴と……あの穴を結ぶとペガサス座だ。

まだ鳥取にいた頃、幼い亜希子の楽しみは砂丘から星を見ることだけだった。日によって姿を変える無数の星だけが、孤独な少女に優しかった。星への愛着と感謝は、今も変わっていない。

しばらくしてからプロデューサー兼振付師のJ・Dと各メンバー、スタッフらがスタジオに入ってきた。

それぞれが更衣室で着替え、談笑する人もいる中、亜希子はソールのラバーが擦れてこびりついたフローリングに寝転がり、左右の足を交互に抱えるなどしてストレッチをしていた。汗は全て引いていて、周りの誰も亜希子が練習していたことに気付く様子はない。

「皆《みんな》、集まってくれ。こないだレコーディングした『Apple Mint Moon』の歌割りとFormationを発表する」

J・Dは日本人だけれどサンディエゴの大学に通っていたらしく、おかげで英語の部分の発音がやたらいい。

「まず次のCenterを発表する」

五人というメンバー数なのに、MORSEは「センター」を一人にしないのが特徴だった。正確に言えば「センター」はいるものの、前に二人、後ろに三人という具合に二列になるため、「センター」という意味は少し変化していて、前の二人をセンターと呼ぶ。今まではアッキーとミズミンだった。

しかしミズミンのいなくなった今、センターはおそらく藤井マリエになる。そして私、アッキー。

マリエに流れているスペイン人の血は音楽面にも反映されていてリズム感も抜群だった。歌は叙情的に、ダンスは情熱的に正確、すらっと長い手足を的確にさばく。しかしながら何事も語りすぎないその態度から、前に出るタイプというよりも後ろから支えるタイプとしてJ・Dは起用していた。そのため今までは後ろの真ん中、つまり本当のセンターを藤井マリエが担っていた。

ただ新生MORSEのバランスを考えてみると、おそらくセンターは私とマリエ。後ろのセンターが勝浦百合――リリィになるはず。

「センターはマリエと百合」

亜希子は耳を疑った。幻聴だと思った。周りを見渡して、ジャックがいるにちがいないと捜したが、どこにもいなかった。

「後ろのセンターがアッキーだ。他の二人はいつも通りで」

気まずい沈黙は自身で作ったものではない。周りのメンバーが気を遣っている時間だった。亜希子の身体は縛られたように硬くなって、速まる心拍数とは別に顔の筋肉は完全に硬直していた。

なんで私じゃないの？　という最悪の言葉が口から零《こぼ》れそうになるけれど、プライドから無理矢理口の奥に押し込んだ。

「ゆりぃ、すごいじゃーん。いきなりセンターなんてさー」

マミリアの空気を読まない発言が緊張した空気を和らげた。けれど亜希子だけは全く固まったまま動けずにいた。速すぎる動きがむしろスローに見えてしまうように、亜希子の感情は放心に近いものになっていた。

「リリィです」

「えー何が？」

「私のニックネームです。亜希子さんがつけてくださいました。これからはそう呼んでください」

アンドロイドのように一定のトーンで話す「リリィ」の話しぶりはまたしても皆を黙らせた。マリエは何も言わずに自分のポジションの方へと歩いていく。

ちらりとマリエを鏡越しで見ると、彼女は動じることなく真っすぐ自身を見つめていた。彼女の眼光は鋭く、揺るぎない自信がそこにはある。気が強い、というよりは腹が据わっているという表現がよく似合う。よくみれば、マリエとリリィは似ているようにも思えた。

それぞれがポジションに向かうのに合わせて、亜希子はなんとか「真ん中」についた。後ろから二人の背中をまじまじと見るのは初めてで、居心地が悪い。四人に包まれているようなフォーメーションなのに、強い疎外感が亜希子を襲った。

J・Dが振り付けをする。カウントに合わせてゆっくりと、J・Dのひとつひとつの動きをコピーするが、頭に入ってこない。

「イントロはここまでだ。頭サビのあとの歌い分けは最初のAメロがリリィ。次の『りんごの蜜《みつ》みたいに』からがマリエ。Bメロがアッキーで、『駆け始める』からがマミリアとコメのユニゾン、とりあえずここまでやるぞ」

イントロ、AメロBメロ、サビまでのダンスとフォーメーションを順に覚え、それぞれ音楽に合わせて試す。

「よし、最後にここまで通して休憩にするぞ」

四拍のカウント後に一斉に踊る。イントロ八小節が過ぎて頭サビ。亜希子を含むそれぞれが左手を握りしめ、口元に近づけていた。本番はマイクを持つことになるけれど、今は仮にそうしている。

亜希子は呆然《ぼうぜん》としたまま、経験によって染み込んだ身のこなしでその場を乗り切った。それでも「なんで私じゃないの？」という最悪の言葉は未《いま》だ口の中で死なずに生き延びていた。

曲が終わる。J・Dが手を三回大胆に叩《たた》くと音楽はストップした。

「五分休憩したら、後半いくぞ」

タオルで汗を拭《ふ》いたり、水を飲んだりするメンバーの背中がだだっ広い鏡の向こうに見える。ただ一人、亜希子はその場で立ち尽くした。

「なんで私じゃないの」

誰にも聞こえない程度だった。油断してプライドがぽろりと剝《は》がれ落ちた瞬間、亜希子はたまらず声を漏らしてしまった。しかし後ろの方でにぎやかに会話をするメンバーの声にかき消され、その言葉は誰にも届かずに済んだ。

けれど初めて発したその言葉は、まるでダムが決壊したように何度でも放たれてしまう。

「なんで私じゃないの、なんで私じゃないの」

さすがに皆振り返ったらしいことが、鏡の反射で伝わる。皆が伏し目がちなのはおそらくこの言葉の意味を全員が分かっているからだった。

「バランスと時代だ」

右耳から聞こえたのはJ・Dの声だった。

「バランスと時代だ。それだけのことでしかない」

バランスというのはリリィを含んで新生MORSEのバランスを鑑みて。時代というのは亜希子が前に立つ時代の終焉《しゅうえん》、ということ?

私の時代は終わった？　何よそれ。そもそも私の時代っていつなの。

「私の時代っていつよ！」

声を荒らげると、伏し目がちだった人たちもようやく亜希子を直視した。

「ミズミンが隣にいたときだよ」

「私一人じゃいけないの？　私一人だけがセンターじゃいけないの？」

そんなつもりはないのに、余計な言葉が口を衝《つ》いて出る。

「もうミズミンはいないんだよ。お前が一番分かってるだろ」

J・Dが慰めるように近づいてきた。

「だって……」

私……頑張ってるのに。というまたしても嫌いな言葉が脳裏をよぎる。

「じゃあ、お前もやめるか」

信じられないほどの衝撃が身体中を駆け巡った。

私がやめてもいいの？　MORSEに私は必要ないの？

睨《にら》むような、それでいて憂いを帯びた瞳《ひとみ》でJ・Dを見ると同時に珍しくマリエの声が聞こえた。

「別にいいですよ。私センターじゃなくて」

地べたに座って片膝《かたひざ》をたてながら言うその悠然としたさまが、亜希子をまた居たたまれなくする。

「アッキーがやればいいじゃん。それで問題ないなら」

J・Dは腕を組み、顔を歪《ゆが》ませた。

「じゃあこうしよう。今回は二パターン作る。リリィとアッキーがセンターのバージョン。リリィとマリエがセンターのバージョン。状況に応じて変えていく。それなら文句ないだろう」

恥ずかしかった。自分のわがままで妥協案がなされ、皆に面倒をかけることになった。しかしあとには引けない。羞恥心《しゅうちしん》や劣等感を強引に情熱に変える。鏡の向こうで涙ぐんでだらしなくなった自分の顔をどうにか整え、眉間《みけん》に皺《しわ》を寄せる。表情の変化は、感情に影響をもたらすというのをどこかで聞いたことがある。

「ごめんね。でもそうして」

改めて深呼吸をしてから、通常よりも大人っぽい声を心がけて、亜希子は皆に謝った。

誰からも返事はない。今日はやけにスタジオが静まりかえる。

振り付けとテレビのリハーサルが終わり、スタジオからばらばらとメンバーが帰っていく。亜希子は着替えないまま、スマートフォンを持ってトイレへと向かった。そして個室に入り、座って俯《うつむ》いた。

やっちゃった。

MORSEになって五年。決して平坦《へいたん》ではなかったけれど、恵まれていたのかもしれない。こんなことがあるのは当然なのに。受け入れられないのは未練からなのかな……。

自分がどうしてここにいるのか分からなくなってくる。こんな時、亜希子は自分の過去をきちんと思い返すようにしていた。

星にしか興味のなかった少女が「ステージ」に憧《あこが》れたのは、そこにもう一つの星を見たからだった。亜希子の父親は若くして亡くなっていて、収入は母親が田舎のスナックで稼いだ給料のみだったため、当時の生活はとても貧しいものだった。電気代の節約のため勝手にテレビを見ることは許されず、そのせいで同級生との会話はほとんど成り立たなかった。友達と呼べる友達は一人もいない。華やかなものに一切触れることなく亜希子は幼少期を過ごした。

母親が知らない男性を連れて帰ってきたときは、亜希子はそそくさと家から出なければならず、それもまた亜希子を苦しめた。

途方もない寂しさを常に抱えていた亜希子にとって、唯一の居場所は鳥取《とっとり》砂丘だった。そこから星を見ることだけがたった一つの救いだった。亜希子はひたすら星を見ていた。

そんな亜希子が中学三年生になった頃、母親に「紹介したい人がいるから会って」と男の人に会わされたことがあった。おそらく恋人だったんだろう。年齢は母よりも一回りほど年上の五十代半ばで、元ラガーマンらしく、しっかりした体軀《たいく》が印象的な人だった。

好きな人の娘に好かれたかったのか、初対面にもかかわらずその男の人は亜希子にコンサートのペアチケットをプレゼントした。それは当時日本を騒がしていた有名アイドルグループのライブチケットだった。

「友達と行っておいで」

彼はわざとらしい笑顔を向けたけれど、亜希子は別に嬉《うれ》しくもなく適当に返事をした。このときだってライブに行くような友達はいなかったから。そもそもそのアイドルの歌だって、数回聞いたことがある程度で好きな訳でもなかった。

家に帰ると「どうしてもっと可愛らしくできないの」と母親は亜希子を叩いた。

「今度会ったときは嬉しそうに感想を言うのよ」

仕方なく亜希子は一人でライブを見にいった。座席につくと前方は観客でびっしりと満席で、亜希子は自分の隣の席だけが空いていることにまた虚《むな》しさを覚えた。

早く帰りたいとライブが始まるまでは思っていた。しかし客席の照明が落ちた瞬間、亜希子は目の前の光景に圧倒された。

瞳に飛び込んできたのは、まるで数えきれない星が辺り一面に敷き詰められたような景色だった。観客がいっせいにペンライトを点《つ》けたのだ。カラフルで目映《まば》ゆい光が亜希子の周囲を取り囲んでいた。

それからは衝撃の連続だった。ステージの上で輝くアイドルはかっこ良くて、大音量で流れる歌は亜希子の身体を自然に揺らした。どれもこれも知らない曲なのにもかかわらず、中盤からは二人分の席を一人で大きく使い、踊っていた。その時自分が生まれ変わったと感じたのを今でもはっきり覚えている。

二度目に母親の恋人と会ったとき、亜希子は開口一番「アイドルってどうやったらなれるんですか」と尋ねた。彼は「そんな冗談が言いたくなるほど楽しかったんだね」とまたしてもわざとらしい笑顔を向けたけれど、「本気です」と真っすぐな瞳で言った。その日の夜も母親に叩かれた。

しかし三度目に彼はオーディション雑誌を買ってきて、「好きなところに丸してね」と言った。母親は「そんなの無理なんだからわざわざいいのに」と言うと「一度やってみたらいいんだよ」と彼は言い返してくれた。どうやらそれは「落ちればわかるさ」という意味を含んでいたようだったけど、皆の予想を裏切り亜希子は全国美少女オーディションで最終選考まで残り、結局受賞には至らなかったものの、結果その場で多くのプロダクションからスカウトされることとなった。選んだのはもちろんモデル事務所などではなく、アーティストやアイドルを多く輩出している事務所で、そこに全国美少女オーディションで準優勝したミズミンがいた。彼女が亜希子の最初の友人となった。

この頃には母親は金の匂いを感じてか娘の芸能界入りを応援する側に回っていたので、亜希子は迷わず上京を決意した。四国生まれのミズミンも同様で、二人で一緒に東京に出てくることになった。

東京の芸能コースのある高校にミズミンと通い、放課後はダンスや歌、演技のレッスンに励むという生活を二年間、ほぼ毎日続けた。慣れない土地にやってきた二人は同じ寮に住んでいたこともあって、ほとんどの苦楽をともにした。高校三年生になったとき、MORSEとしてデビューすることを事務所から告げられ、その他のメンバーと初対面した。事務所の後押しもあって人気グループになるまで二年とかからなかった。

初めてのライブは圧巻だった。あのとき夢見た星が眼下にいくつも輝いていた。これがいつまでも続けばいいと思った。未来は確約されていて、それは絶対に素晴らしいものだと信じていた。

それでも、欲望はいつしか肥大する。もっとたくさんの星が見たい、自分もより輝く星になりたい。もっともっと、人気者になりたい。そうすれば売り上げも伸びるし、洋服や化粧品、サプリメントとトレーニング費も稼げる。

欲望とはヒビの入ったグラスだ。満たそうとして注いでも、永遠に裂け目から漏れ続ける。決して満たされることはない。

だからこそ、亜希子は真摯《しんし》にその欲望に向かい合ってきた。もっと努力すべきだと。もっと好かれる人間になって、もっといいものを作らなければならないと。まだまだ私のレベルなんかじゃダメだ。

そう思っていたはずなのに、「私がMORSEの人気を支えている」という自尊心が知らないうちに芽生えていた。なんで私じゃないの、という最悪の感情が胸の奥で育ち始めていたことに亜希子は愕然《がくぜん》としてしまった。

本来なら、ステージの上に立てることだけでも喜ぶべきなのかもしれない。あの景色がまだ見られるならば、たかがフォーメーションくらいどうってことないのかもしれない。しかし、満たされない欲望のグラスはこうしている間にも渇いていく。

スマートフォンからミズミンに電話をかけた。話したかった。何を話したいのか分からない。もしかしたら励まされたり、慰められたり、褒めてもらいたかったり、なんでもいいのかもしれない。一番弱いところを見せられるのは親友のミズミンしかいない。

たぶん今日は休みだと思う。卒業ライブの翌日に仕事を入れたりもしないはずだから。

電話の呼び出し音が鳴る。

「あ、ミズミン、私だけど……」

そのあとの言葉を躊躇《ためら》ったのは、電話越しからぐすんぐすんと泣いているような声が聞こえてきたからだ。

「泣いてるの？　大丈夫？」

「……あき……」

「どうしたの？」

「洋ちゃんが……ぐふっ……」

もしかして。

「別れ……よって……」

「なんで？」

「恥ずかしいって……あんな写真でて……仕事も減ってきて、もう終わりだって……なにもかも……うぅ……終わりにしたいって……」

「きっと一時的に自暴自棄になってるだけだよ」

当たり障りのないことしか言えない。ミズミンが相当の恋愛体質ということは、彼女と過ごした七年間で嫌というほど体感した。彼女の欲望のグラスは、特に恋愛面で枯渇する。

このような会話も何度したことだろう。時間が経てばケロっとした顔で次の彼氏が出来るのも目に見えているのだ。

「私……彼じゃなきゃダメなの……」

この台詞《せりふ》も何度も聞いた。前の男のときも、その前の男のときも、同じように泣きながらミズミンは電話をかけてきた。

「こんなことなら私、MORSEに残ればよかったなぁ……」

鳩尾《みぞおち》を殴られたような気分だった。

「まだ皆と一緒に歌って踊ってやってれば、彼なんかいなくても気が紛れたのに……」

気が紛れた？　そんな軽いものだったの、あなたの五年は。

「アッキーは幸せそうでいいよね。帰る場所があって。私にはもうないもん。ずっと一人だもん」

幸せ？　そんなんじゃない。ここにいても私は一人なのに。

「ミズミンは一人じゃないよ。私がいるじゃない」

ありふれた言葉で返すのは得意だった。それなりに映画や本は嗜《たしな》んできたから。しかし感情のコントロールは難しく、いつもゆらゆらと不安定でどうしようもない。

「ねぇ、あのとき……デビューするって言われたとき……嬉《うれ》しかったじゃん……未来は明るい気がしてさ……でも……あのとき描いた未来ってこんな形だったのかぁ……」

五年前に描いた未来。あまりにも多くの出来事があって記憶は微《かす》かだけど、それはもっと単純で美しい、オーロラのようなもののはずだった。

「ＭＯＲＳＥよろしくね……」

「ごめん、もう切るね」

耐えきれずに電話を切った。恋愛相談にのれるほど余裕はない。頼ろうと思った自分が間違いだった。

いつもこうだったじゃない。ミズミンに頼ったことなんてなかったはずじゃない。いつも私が頼られる側だったじゃない。しっかりしなきゃ。自分一人で。

トイレを出てスタジオへ戻ると、廊下にはマネージャー以外に誰もいなかった。少し暗くなったスタジオで、鏡に映る自分に「きらい」とだけ呟《つぶや》いた。それから今日の振り付けを思い出し、亜希子はゆっくりと踊り始めた。

5

巧　キリマンジャロの雪

線香の匂いが辺りから漂う中、巧は白いダリアの花束を抱えて墓地を歩いた。周りのビルの高さとは対照的にこの辺りの建物は低く、空には梅雨時の鬱屈《うっくつ》した雲が広がっていた。

左の膝《ひざ》が痛む。きっと雨が降る。

砂利道を進んでいくと、ユウアと子供の墓が見えた。

花束を飾り、辺りを掃除してからその場に座って持参したビールを飲む。一緒に買った缶の梅酒はユウアの墓の前に置いた。

タバコに火を点《つ》けると、曇り空に吸い込まれるように煙はだらしなく立ち上っていった。

「ユウア、なにか歌おうか」

「歌って」

懐かしい声が耳元で囁《ささや》いた。

「何がいい？」

「ピチカート・ファイヴ」

ユウアの茶化すような声が聞こえる。

「いつもそれだけど、もう少し墓場で歌って様になる曲にしてくれないか」

「冗談だって。『キャノンボール』かな」

ぼんやりと曲を思い出しながら、本来のテンポよりも遅めで歌い始めた。墓地で歌うのに適した音量かどうかは分からないが、おそらく近くにいるだろうユウアにだけ届くよう、呟《つぶや》くように歌った。

そんなにさ、しゃべんなくたって、
伝わることもあんだろ？

ユウアがこの曲を選んだ真意を知ることはできない。そもそも聞こえる声が幻聴なのか、それとも霊的にユウアが語りかけているのか、巧には分からなかった。もしかしたら自分が今「キャノンボール」を歌いたかっただけなのかもしれない。にしても歌いだすまで、どんな歌だったか忘れていた。しかし最初のフレーズが次のフレーズを思い出させる。歌っていくうちに徐々に巧の喉《のど》は詰まった。

僕は死ぬように生きていたくはない。
僕は死ぬように生きていたくはない。

なぁユウア。この詞は君の気持ちの代弁か？　それとも俺へのメッセージなのか？

そこで愛が待つゆえに。
そこで愛が待つゆえに。
愛が待つゆえに。

こみ上げる思いのせいでろくに歌えなかったが、途中で諦《あきら》めたら負けなような気がして最後のフレーズまで歌い切った。地面に敷き詰められた御影石はぽつぽつと濃くなっているが、泣いているという事実を認めたくなくて手のひらで伸ばした。それでも乾かずに水たまりのようになっていく地面を、巧はずっと撫《な》で続けた。

墓の前で泣くなんて、典型的なメロドラマみたいで無様なのに。

みっともない姿を隠すように重たげな雲からは雨が零《こぼ》れ落ちてきた。次第に土砂降りになったことに甘えて巧は声を荒らげて泣いた。目を閉じて空を見上げながら泣いた。どうしても受け止められない不条理を、巧は未《いま》だ引きずっている。舌に感じる雨の味は苦々しく不味《まず》かった。

どれくらい経ったか、雨はぴたりと止み、辺りが暗くなった。しかし周りの雨音は止まっておらず、なぜか巧のいる場所だけが闇で包まれ雨を感じないようだった。汚れた手で濡《ぬ》れた顔を拭《ふ》き、そっと目を開けると傘を差し伸べていたのは多一郎《たいちろう》だった。

「映画のワンカットみたいだったんでね。僕も少し格好付けた登場をしてみたよ。邪魔だったかな」

「……すいません、情けないところを見せてしまって」

「謝ることじゃない。僕も一年で今日だけは泣いていいと決めている」

巧は立ち上がり、改めて挨拶《あいさつ》をした。

「お久しぶりです、お義父《とう》さん」

墓石に花がなかったので多一郎がまだ来ていないことは推測できたが、とはいえこんな格好のつかない状況で遭遇するのは想定外だった。

「僕も花を供えるから傘を持ってくれないかな」

多一郎に身を寄せて傘をかざす。しかし巧は既にずいぶんと濡れてしまっていたので、自分のせいで多一郎を濡らせまいと微妙に距離をとった。結局、巧はまた背中に雨を感じることになった。

多一郎は丁寧に花を活《い》け、しゃがんだまま手を合わせた。目を瞑《つむ》り、長い時間そのままの姿勢でいる多一郎は全体的になんだかこぢんまりとしていて、昨年よりも幾分老けた印象だった。猫背なところは変わっていない。

「うちの店で飲んでいかないか。タオルくらいは貸すし、おごるよ」

多一郎は神泉《しんせん》のはずれで喫茶バー「サン=ラザール駅裏」を経営している。少し躊《ちゅう》躇《ちょ》したが、「顔も泥まみれだよ」と言った多一郎の父性のある顔に「じゃあ、お言葉に甘えさせていただきます」と、つい答えてしまった。

墓地から少し歩いたところにあるコインパーキングに多一郎の古いボルボは停まっていて、駐車ナンバーを確認した多一郎に「精算は僕がします」と申し出たが、あっさり断られた。車の窓に映った自分の瞳《ひとみ》がみっともなく充血していて、巧はつい目を背ける。「やっぱり服が濡れてるんで、歩いて向かいます」と遠慮しても、「そんなたいした車じゃないんだから、気にしないでくれ」とほんのりくすんだ歯を見せた。

二人はしばらく黙ったまま、ワイパーがせわしなく往復する先を見つめていた。会話がなくても気まずくならなかったのは窓や天井を殴り付ける雨の音が騒がしかったからだった。その分、トンネルに入ったときには、静けさの中にワイパーの音だけがやけに目立ってしまった。なおかつトンネルは事故で渋滞していて、ワイパーを止めてしまうと、車のキーについたキーホルダーが時々かちゃかちゃと鳴る音しかしなくなった。円形のキーホルダーをよく見ると一九六四年と五輪のマークが彫られたコインがはめられている。東京オリンピックの記念貨幣だ。この年代は子供の頃見た東京オリンピックの衝撃が未だに残っているらしい。

さすがの沈黙に耐えきれなくなったのか、多一郎はさりげなくラジオをつけた。

幕張《まくはり》を先頭に三キロ渋滞しています

「僕が来る前に歌っていた曲は、誰の歌?」

断続的に車を進めながら多一郎は話しかけた。

「聞こえてましたか……」

「盗み見るようなことしてごめんね。でも美しかったから、つい」

「あの歌は……中村一義《なかむらかずよし》です」

「あぁ、そうかそうか。僕は彼の曲だとあれが好きだなぁ。えぇっと……『クソにクソを塗るような』で始まる……」

多一郎はその部分だけを低いキーで歌った。

「『セブンスター』ですね。俺もあれ好きでした。好きすぎてタバコ、セブンスターにしてました」

「ははは、巧くんにもそんなミーハーみたいなところあるんだね」

「若かったんですかね」


日本道路交通情報センターの斉藤《さいとう》がお伝えしました

「でもユウアには、ピチカート・ファイヴにしてって言われました」

「アイツはそればっかりだ。でも墓地で歌うにはちょっと厳しいなぁ」

「俺も同じこと言いました。今でも好きなんですかね。野宮真貴《のみやまき》」

「だろうね。最近のまたキレイになった彼女に激しく感化されてるはずさ」


懐かしい曲のリクエストがきました。

それでは聴いてください。中村一義で「セブンスター」


偶然にしては上手《うま》くいき過ぎだった。ユウアがラジオＤＪに何かしたのだろうか。

それともラジオDJはユウアなのか。心なしか声が似ていたようにも思える。なんて馬鹿げた考えが頭をよぎるほど偶然だった。

スネアの硬い音とギターが響く中、二人は顔を見合って思わず笑った。

多一郎がラジオから流れる中村一義の声に合わせて歌い始め、あとから巧もぼそぼそと歌った。

トンネルを抜けると先ほどよりも雨は強くなっていて、雨音がラジオの音を掻《か》き消した。奥の方からぼんやりと「お送りしたのは中村一義の『セブンスター』でした」と聞こえ、多一郎はラジオのボリュームをゼロにした。ワイパーをつけると窓を擦《こす》る音が一定のリズムを刻み、多一郎は今度はそれに合わせて歌を続けた。「どうだ粋だろう」とふざけた顔を作る多一郎に釣られて、巧はまた息を吐き出すように笑みを零した。

＊

車を停めると、店まで二人は雨から逃げるように駆けた。建物が老朽化していることとドアノブが濡れていたせいで、多一郎は鍵《かぎ》を開けるのに手こずっていたが、なんとか中に入るとからんからんと風情あるドアベルの音が響き渡り、二人は大きく息を吐いた。

上着をハンガーにかけ、多一郎に借りたタオルで身体を拭く。靴の内側に溜《た》まった水分がぐちょぐちょと気持ち悪い音を鳴らすので、靴を脱ぎ新聞紙を貰《もら》ってぐしゃぐしゃに丸めて詰めた。多一郎が店の奥から持ってきたスリッパはパイル地で、柔らかい肌触りが心地いい。

「いろいろとすいません」

「いいんだよ、誘ったのは僕なんだから」

カウンターの椅子は高く、飛び乗るように巧が座ると爪先はつくかつかないかという感じになる。

店内を見渡すと、コーヒーの香りが充満していることに今更気付く。カウンターには八席、奥には四人がけのテーブルが三つ。あらゆる場所に写真が飾られていて、どれもこれも巧が影響を受けた作品だった。

店名の「サン＝ラザール駅裏」は二十世紀を代表する写真家、アンリ・カルティエ＝ブレッソンの代表作のタイトルに由来するもので、その写真はカウンターの正面に掛けられている。

店に入ってすぐ左の壁には、かつて巧が撮ったユウアの写真が一面を埋め尽くしていた。

「変わってないですね。いい雰囲気のまま」

自分の写真に背を向けて、巧は言った。

「その割には随分と来てくれなかったじゃないか」

設置されたスピーカーから流れてきた曲は子供のアカペラで、それからイントロが流れ始めた。ピチカート・ファイヴの「TYO」のレコードだとすぐに分かる。多一郎が「レクイエムさ」とウィンクしたので、巧は軽く頷《うなず》いた。

「すいません、最近ばたばたしてて」

「アシスタント、忙しいのかい？」

「えぇ……まぁそんなところです」

多一郎にはパパラッチをしていることを隠していた。仕事に対して自尊心はあるが、多一郎にカメラを冒瀆《ぼうとく》していると思われるのではないかと、後ろめたさを感じてしまう。

「何がいい？」

時刻は四時半過ぎだった。

「カフェ・ロワイヤルで」

カフェ・ロワイヤルは店の雰囲気と夕暮れ時にぴったりだった。微量だがアルコールも含むし、何よりここのコーヒーは美味《うま》い。

コーヒーミルに豆を入れながら、多一郎はほうれい線を横に伸ばして頷いた。スイッチを押すと、コーヒー豆は激しい音を立てながら粉々になっていった。

「今日はキリマンジャロの豆だよ」

喫茶バー「サン=ラザール駅裏」ではサイフォン式でコーヒーを抽出することにこだわっている。多一郎はフラスコに湯を注ぎ、アルコールランプに火を点《つ》け、フィルターの装着された漏斗にたった今挽《ひ》いたばかりのコーヒーの粉を入れる。慣れた手つきで段取りを進める多一郎は決して色男ではないのだが、男が憧《あこが》れる慎ましさと無精さのバランスがいい。

「お義父《とう》さん、ヘミングウェイの『キリマンジャロの雪』って知ってますか？」

「あぁ、知ってるよ。山頂に一頭の凍った豹《ひょう》の屍《しかばね》が横たわっているが、豹が何を求めていたのか説明し得た者はいない、って始まるあれだろ」

「そうです」

「一行、好きな句があったたな。『一つだけ、俺が絶対失わなかったのは、好奇心だな』。この歳になると僕も同じようなことを思うよ」

少し猫背な姿勢と白い顎《あご》ひげ、おっとりとしたしゃべり方と多方面に深い造詣《ぞうけい》。巧は改めて多一郎を尊敬の眼差《まなざ》しで見た。

「よく覚えてますね。俺は誰かに薦められて読んだんですが、かっこいいけどわかんねぇ、って感じでした」

「君は言葉よりも感覚の人間だからね」

サイフォンのフラスコの湯が上部の漏斗に上がっていくと、多一郎は数回攪拌《かくはん》してアルコールランプの火を消した。抽出されたコーヒーがゆっくりとフラスコに戻ってくる。

「感覚なんて不明瞭《めいりょう》ですよ。じゃあ言葉と感覚、どっちも合わせ持っているお義父さんは最強じゃないですか」

「僕には巧君のような感覚や発想はないよ。僕は小説家にも写真家にも映画監督にも音楽家にもなれないただの平凡なマスターだ」

それは事実だった。多一郎は様々な職に手を付けたが四十を過ぎてもどれも芽が出なかった。それでも笑いながら自由な生き方を続ける多一郎に愛想を尽かした奥さんは、まだ十歳程度だったユウアを連れて出て行こうとした。しかし、娘はそれを拒んだ。ユウアは父親の全てが好きだった。以後、シングルファーザーとして多一郎がユウアを育てていた。

「巧君、君はもう写真を撮らないのかい」

コーヒーをカップに注ぎ、先端部が引っかかるよう曲げられたロワイヤル・スプーンをカップに渡す。その上に角砂糖を置きブランデーを注ぐと、角砂糖はじんわりと染まっていく。ブランデーが角砂糖から染み出しかけるところで火を点けると、妖艶《ようえん》な炎がスプーンの上に広がった。

「キレイですね」

スプーンを傾けると、角砂糖はぽとんと落ちる。

「巧君」

多一郎はソーサーにカップを載せ、巧に差し出した。

「さっきの君の姿を見てね、僕は酷《ひど》く痛々しく感じたんだ。ユウアがいなくなってからもう八年も経つのに、君はユウアの死を知ったときと同じ量の涙を流し続けている」

カップの中のカフェ・ロワイヤルをスプーンで掻き混ぜる。

「忘れられませんよ。どれだけ時間が経ったとしても」

一口啜《すす》るとコーヒーの苦々しい香ばしさとブランデーの高貴な香りが鼻を抜け、喉《のど》に熱を感じる。最後に、アルコールの乾いた冷ややかさが残った。

正面の壁にかかった写真を見た。アンリ・カルティエ＝ブレッソンの「サン＝ラザール駅裏」の隣にかかっているのは、巧の撮った写真だった。その二つはとてもよく似ていて、アンリの写真では男、巧の写真ではユウアが、水たまりの上を跳んでいる。かかとは水面からわずかに浮いている程度だ。そして鏡に映したように、水面にはそれぞれのシルエットが反射していて、どこからどうみても、それは完璧《かんぺき》としかいいようのない写真だった。

ユウアと出会ったのは高校二年の晩夏だったと思う。

その年の七月末に行われた全日本ジュニアテコンドー選手権大会で、巧は準優勝のメダルとともに前十字靭帯《じんたい》断裂と半月板損傷という勲章を貰い、なにもかもに失望していた頃だった。十歳から七年間続けたテコンドーに裏切られ、夏休みの殆《ほとん》どを入院に費やしたものの、お見舞いにくるのは親戚《しんせき》と道場の人間だけ。高校の同級生や先輩からも一目置かれる存在ではあったが、ちやほやするだけの人間ばかりで元々社交的な方でもなかった巧に、友人と呼べる人は一人もいなかった。退院後も松葉杖《まつばづえ》での生活とリハビリ。もう二度と格闘技の出来ない身体になり、未来を諦《あきら》めていた巧は、絵に描いたように自暴自棄になっていた。

杖なしでなんとか日常生活を送れるようになった夏休みの終わり、休みなのに毎日渋谷に通ったのは家族の親切や気遣いが鬱陶《うっとう》しかったことと、学割の定期券範囲というのが理由だった。そしてなんとなく、いつも東急《とうきゅう》デパートの屋上に行った。設置された遊具で遊ぶ子供たちの声を聞きながら、ベンチに座って自販機で買ったタバコをふかし、空と柵《さく》越しに見える眼下の渋谷を交互に見たりする。

つまらなくなった自分の人生は、ここから飛び降りたら終わるのだろうか。地面にぶつかる瞬間は気絶するというし、痛くないならありな話だ。そもそも痛みには慣れている。もしかしたら、今までの全てが夢で、飛び降りたら新しい人生がようやくスタートするというのもあるかもしれない。よし、飛んでみるか。なんて、その気もなくただただぼんやりと白昼夢を見続ける日々だった。

しかしそれは突然やってきた。

残り数日で二学期が始まるというのに、この夏最高の気温を叩《たた》き出した蒸し暑い午後だった。前日の豪雨が嘘のように太陽は燦々《さんさん》と照っていたが、屋上にはまだポツポツと水溜《みずた》まりがあった。いつも通り巧はタバコを吸いながら子供たちを眺めていた。

「高橋《たかはし》？」

全く聞き覚えのない声で、振り向いても誰だかすぐには分からなかった。顔を覆うようなサングラスの奥には巧の手のひら程度の小振りな顔があって、ミルクティーのような色の髪は顎あたりでワンレングスになっていた。身長が高いのはハイヒールの効果だけではない。細長く白い足がショートパンツから真っすぐに伸びていて、右手には金属の箱みたいなものを抱えていた。

「二組の高橋でしょ？」

女はサングラスを外し、眩《まぶ》しげにもう一度言うと、ようやく隣のクラスの白波《しらなみ》ユウアだと分かった。ユウアは高校のファッションリーダー的存在だったが、それでも彼女が巧の思っていたイメージとかけ離れていたのは、普段の制服姿とは全くの別人だったからだ。夏休みだからだろうか、胸元まであった髪をばっさりと切り、校則を気にせず染めただけでも印象は全く違うものになる。

「あー。白波か。誰かと思った」

まともに話したのは初めてだった。

「高橋ってタバコ吸うんだー。不良だねーいいの？　格闘家なのに」

これ見よがしにもう一口タバコを吸って「いいんだよ、もうやめたんだから」と吐き捨てるように呟《つぶや》いた。

「え？　やめたの？　なんで？」

遠慮せずにはっきりと質問されるのは、不思議と嫌じゃなかった。腫《は》れ物《もの》に触るように扱われたこの一ヶ月に比べれば、こうした振る舞いはむしろ清々《すがすが》しいほどだった。

巧はベンチに左足を乗せ、デニムの裾《すそ》をもまで捲《まく》り上げた。膝《ひざ》の上の二十センチに亘《わた》る手術痕《こん》が露《あらわ》になった。

「けが？　もうできないの？　テコンドー」

煙が入らぬよう目を細めて巧が頷《うなず》くと、ユウアは巧の横に内股《うちまた》ぎみに座り、「そっか」と残念そうに言った。

「白波は何してんの？」

「なんだろね、私何してんだろ」

何を考えているか分からないその横顔に、巧は吸い込まれそうになった。男兄弟の末っ子で、男ばかりの道場で育って来た巧にとって、女性の顔がこれほどまで透き通るようだとは知らなかった。なんだか、桃のような肌だった。

「ねぇ、私のことどう思う？」

突然の質問に不意をつかれ、巧はタバコにむせた。

「どうって……どういうこと」

「かわいい？　かわいくない？」

「いやまぁ……かわいいんじゃない？」

誘導尋問されるがままに巧は答えたが、相手は不満げだった。

「そんな感じだよねー」

あまりに不思議な空気感に巧は唖然《あぜん》としたまま、右手に挟まれたタバコだけがジリジリと燃えていった。

「それ、何持ってんの？」

ユウアは右手をちらりと見た。

「これ？　これはね、アームストロング」

アームストロングって何だっけ、と巧は記憶を辿《たど》ったが思い出せず、そうこうしているうちに「アポロ11号だよ」とユウアは付け加えた。

「初めて人を月に連れてった宇宙飛行船。船長アームストロング」

「じゃあその箱みたいなのは船長なわけ？」

「その船長が使ってたカメラ。だからアームストロング」

「え、それカメラなの？」

ユウアが重厚な金属の箱をひっくり返すと、確かにレンズがあった。

「あ、撮ってあげるよ！」

「え、いいよ、恥ずかしいし」

返事はせずに、ユウアはレンズの周りをかちかちといじり始めて、ベンチから立ち上がり三メートルほど離れた。

「いいって」

「もう撮っちゃった」

カメラのシャッターを切る音は子供達のはしゃぐ声に紛れて聞こえなかった。

「この写真、学校にばらまいたら高橋停学だねー」

「困る事はないけどな」

「高橋、今度は私撮ってよ。いつも撮ってばっかりだからたまには誰かに撮って欲しいんだよね」

「いいけど、そのカメラ難しそうじゃん」

「失敗してもいいから」

ユウアはカメラを巧の方へと突き出し、巧は面倒くさそうにタバコを踏みつぶして膝を庇《かば》いつつ立ち上がった。カメラを受け取ると思った以上に重たくて、危うく落としそうになった。

「どうやって撮るんだよこれ」

ユウアは巧のすぐ隣に立ち、カメラを持つ手を握って、「これがピントでこれがシャッターボタン、露出は合わせてあるから絞りはいじらないでね」と言った。まるで外国語を聞いているかのように何を言っているのか理解できず、それよりも女性に手を触られたというだけで不覚にも鼓動が高鳴ってしまった。

言葉を発するとその動揺がばれてしまいそうで、質問せずにとりあえずファインダーを覗《のぞ》いた。巧がそのとき人知れず感動したのは、そこに映る映像があまりにも美しく、鮮やかだったからだ。

「はやく！」

「……そう言われても、どうすりゃいいんだよ」

「グルーヴよ、グルーヴ」

「何言ってるかわかんねーよ」

「いいから撮るの！」

そう強く言い放って、ユウアは遠くに駆けていった。振り返って「じゃんじゃん撮って！　まだまだフィルム残ってるから！」と催促するので、なんとなくフォーカスを合わせた。

散らばっている水たまりの上を軽やかに避け、ときには跳んだりするユウアをレンズで必死に追いかける。太陽光もまた水たまりをきらきら飛び跳ね、ユウアのシルエットを浮かび上がらせた。シャッターチャンスがいつなのか摑《つか》めないまま、巧はシャッターを押した。

それがユウアとの最初の出会いだった。


多一郎は自分に作ったラムコーヒーを啜《すす》り、壁にかかった巧の写真を見た。

「ユウアが持ち帰って来たその写真を自宅で現像したときな、それはもう興奮したよ。アンリの写真と全く一緒だと思った。でも決して真似したものではない。実際君はそんな写真を知らないわけだしな。他のフィルムはぶれてばかりだったけれど、君の撮った写真は僕に衝撃を与えたんだ」

「まぐれですよ。ビギナーズラックです。あれ以上の写真を撮れたことなんて未《いま》だに一度もないんじゃないかと思うんです」

「そんなことはないさ。実際、君のセンスは皆《みんな》の認めるところじゃないか。誰だって最初の作品が最良に思えるものさ。君はあれから写真を勉強して、試行錯誤して、モノクロにカラーの融合した写真を生み出したんだろう。その色彩感覚はまさしくオリジナリティだよ」

巧はぴくりとも反応せず、カップを覗いたままでいた。カフェ・ロワイヤルによって体温が上昇させられる。自分の頬がなんだか熱い。巧は随分と多弁になっていた。

「始業式の日が懐かしいです。クラスの皆はまだ僕に気を遣って近寄ってこないし、いろいろと気を遣われるのも嫌なんで、ずっとメンチ切ったような顔でいたんです。そこにユウアはずかずか入ってきて。他のクラスに入るのなんて普通躊躇《ためら》うのに、僕の机にプリントした写真を広げて、『高橋！　カメラマンになれ！　あんたはアンリになれる！』なんて言ってきたんですよ。同級生もキョトンですよ。さすがにもう笑っちゃいましたね」

ユウアは始業式にはきっちりと髪を黒くしていた。

「それは僕の言葉だな」

「そうですね、あの頃のユウアの芸術性や言葉選びはお義父《とう》さんの丸写しでしたね」

「全てじゃないさ。音楽とファッションはユウアのもの……というよりもあれだな、ピチカート・ファイヴ、野宮真貴の影響だったな」

「確かに」

カップの中は半分よりも少なくなっていた。カフェインで心臓が少し速く鼓動する。

「でもあれから……初めて僕らが会った日からユウアがいなくなるまで、僕は彼女の影響をまんまと受けました」

「じゃあ君の中に、僕の要素もいくらかあるってわけだ」

「もちろんですよ」

「でもね、もし本当に君の中に僕がいるのなら、僕はどうにか君にカメラをまた握らせたいわけだ。いつまでも過去に引きずられるな。もう自分のときを刻みなさい。せっかくユウアのおかげで見つけたカメラの才能を無駄にしてはいけないよ」

周りの人間はどうにか巧にカメラを握らせようとしている。しかしどうしても出来ない。巧にとってカメラはユウアを殺した凶器と同じだった。

「才能なんて、小説家目指した男が使う言葉じゃないですよ、安っぽいです」

「はぐらかさないでくれ」

ピチカート・ファイヴの音楽が二人の間を通り過ぎる。

「今君は、自分の自動巻きの時計を放ったままにしてる。時間はもう何年もすっかり止まったままだ。わかるだろう。それは君がつけないからだ。君自身が時間を進めようと時計を腕にはめなければ針は動き出さない。ときを示すこともない」

「僕はただ」

残りのカフェ・ロワイヤルを飲み干した。

「止まった時刻を覚えておきたいんですよ」

「違うよ。巧君は時計がもう壊れてしまったんじゃないかと不安なだけだよ」

「バーボンのロック、お願いします」

多一郎は動かずにその場で巧の目をしっかり見据えて言った。

「ユウアが死んだのはただの事故だ。君のせいじゃないんだよ」

ユウアをスクランブル交差点で轢《ひ》いたのは八十過ぎの老人で、「アクセルとブレーキを間違えた」とつまらない言い訳を述べたあげく、勾留《こうりゅう》中にズボンの裾《すそ》を切り裂いて紐《ひも》状にし、首を吊《つ》って自殺した。

ユウアの死を目の当たりにしてからというもの、何度も事故の夢を見る。巧の脳裏にはあの瞬間がくっきりと焼き付いていた。

あの日から巧の世界は色を失った。

「事故は仕方のないことだったよ。ここから君のスタジオに行くとき、ユウアはとても嬉《うれ》しそうに『こんな幸せなことはない』と言っていたよ。それだけでいいじゃないか。巧君。いい加減自分を許せ」

「もういいんですよ、俺は自ら縛られてるんです。ユウアとの過去に自分から絡まっていってるんです」

「死んじまうよ。そんなことしてたら」

「それならそれでいいです。『僕は死ぬように生きていたくはない。』です」

巧はポケットから財布を取り出し、千円を置いた。

「ごちそうさまでした」

「巧君」

ハンガーにかかった上着を乱雑にとって羽織り、右手の人差し指と中指に靴をそれぞれ引っ掛けたまま、裸足《はだし》でドアを出た。ピチカート・ファイヴが「大人になりましょう」と歌うのにドアベルが重なる。

再びずぶ濡《ぬ》れになって、巧はタクシーを拾う。自宅に着くと玄関で全ての服を脱ぎ、穿《は》いていたデニムで足の裏を拭《ふ》く。洗面所を通過して風呂場《ふろば》のドアを開けようとしたとき、洗面台の鏡に貧相な顔の自分が映った。腰の辺りからダリアの葉が肩まで這《は》っている。

自ら縛られている。止まった時刻を覚えておきたい。それはただ安心したいだけなのかもしれない。間違って再びカメラなんかを握ることのないよう、自分を戒めておきたいだけなのではないだろうか。

熱いシャワーを額のあたりにあてながらぐるぐると考える。八年間考え続けたことをまたしても。決して答えの出ることのない問いに対して無力を確認するだけの自問自答を。

温まった身体を拭きながらリビングのソファーへと腰掛け、テレビをつけると夕方のニュースが流れている。伊藤亜希子が不動産賃貸会社のイメージキャラクターに就任したとか。

冷蔵庫からコーラのペットボトルを取り出し、グラスに注ぐ。

テレビからは不動産にちなんでか、「アッキーはどんな部屋に住んでるんですか？」という質問がなされ、「えーふつーですよ。女の子の部屋って感じです」「じゃあぬいぐるみとか？」「あっはい。ありますよーリラックマとか」「かわいいですねぇ」というやりとりがあった。

「最後の質問ですが、ミズミンが卒業してから数日経ちましたけど、メンバーの心境としてはいかがですか？」という記者の質問が聞こえる。

「今まで通り、MORSEとして全力を尽くして頑張るだけです」

優しく笑って伊藤亜希子は答えた。

強いな、アイドルってのは。いや、鈍感なのか。強さとは鈍さでもある。ならば、ゴシップを撮ったってなんの問題もない。

先ほどの多一郎との会話に巧は苛立《いらだ》っていて、裏稼業に対する熱はまた上昇していた。

くそ、酒さえ飲んでなければ今すぐにでも狙いにいくのに。車が使えないとなると動きが制限される。なにより今日は疲れた。今むやみに動けばつまらないミスをしそうだ。

明日《あした》から狙ってやる。いつまでもMORSEにいられると思うなよ。

八つ当たりのような闘志を改めて燃やし、巧は伊藤亜希子の映るテレビをまじまじと見つめた。

6

亜希子　泡沫《うたかた》

部屋には三十七インチのテレビと木製のダイニングテーブルとシンプルなセミダブルのベッド。ネットに繋《つな》がれていないパソコン。あとは間接照明がある程度の閑散とした無骨な部屋で、日は沈みかけているけれど電気はどこも点《つ》いていない。雨水を散らしながら走る車の音が時折窓越しに聞こえてくる。ぬいぐるみはない。

「ミズミンが卒業してから数日経ちましたけど、メンバーの心境としてはいかがですか？」

「今まで通り、MORSEとして全力を尽くして頑張るだけです」

ベッドに膝《ひざ》を抱えて座りながら、昼間に終えたばかりの記者会見の様子を見た。テレビに映る自分は笑顔で応対していて、一方でそれを見る亜希子の表情は曇っていた。

抱えた膝は妙に冷えていて、両手で擦《さす》りながらリモコンを操作し、録画履歴に切り替える。今まで出演した音楽番組がずらりと表示されると、一番上にある「ミュージックステーション」を選んだ。番組は既に編集されていてパフォーマンス部分だけがテレビから流れる。

最後に放送された自分のパフォーマンスを一度注視してから、次にミズミンを見た。長過ぎない手足のこなし方はキュートで、歌詞に合わせた手の動きはありきたりで古めかしい——例えば約束という歌詞で小指だけを立てるというような——ものだけれど、視聴者はそういったあどけなさに好印象を持つのかもしれない。

亜希子はとにかく一生懸命パフォーマンスすることを心がけていて、計算した動きはあまり取り入れない。だからこそ二人は対照的な印象になる。

でも、今の私はミズミンを見習わないといけない。常に全力で動くと視聴者も力んでしまう。抜くところは抜いた方が見ていて素直に楽しめるかもしれない。

「バランスと時代」という言葉が亜希子に重くのしかかる。今のままの自分で成長するのではなく、劇的な変化をしなければ自分は置いていかれてしまう。

一時停止ボタンを押し、もともとお腹の間に挟んでいたクッションを横に置いて、部屋の灯りを点ける。テーブルを端によせ、窓に向かって立つと姿見のように自分の全身が映った。三日前に振り付けした「Ａｐｐｌｅ Ｍｉｎｔ Ｍｏｏｎ」を踊ってみる。

歌っているときの動きをキュートに、メリハリを付けながら無音で踊る。脳内に流れるメロディーに従って、亜希子は十分に身体に染み付いた振り付けを踊った。二度目は鏡に近寄って、歌っているときの表情を意識する。テレビでのパフォーマンスで重要なのはダンス以上に表情のことが多い。口角を上げたり下げたり、目を大きくしたり細めたりしながら、今度はアカペラで歌いながらダンスをしてみた。

再びベッドに座り、巻き戻してもう一度「ミュージックステーション」を見る。今度はマリエを中心に。

マリエはミズミンともアッキーとも違う、淫靡《いんび》な踊りをする。誰よりも高い柔軟性を活《い》かした動き、特に腰回りでのリズムの取り方は絶妙だ。目線はカメラよりも遥《はる》か遠いところを見ているようで、その定まらない視点がまた色っぽかった。

軽く疲労した身体をベッドに投げ捨てる。そして枕元においてあった自分のスマートフォンをいじった。メールも着信履歴もない。

突如、画面に小林マネージャーからメールが届く。

「尾久田雄一がツイッターを始めました。ミスターグイド@guido417×××というアカウントです。フォローしてください」

ツイッターのアプリをタッチする。検索欄にミスターグイドと入力すると、雄一のものらしいアカウントが現れ、フォローのボタンを押した。

するとすぐに亜希子のアカウントにダイレクトメッセージが届いた。

「僕だ。今から会えないかい？」

不器用なメールが愛《いと》おしかった。すぐに「会えるよ」とだけ送信する。折り返しも早かった。

「ありがとう。すぐにマネージャーから連絡が行くから」

嬉《うれ》しかった。でもできれば直接連絡をとりたい。

気を抜くと寂しさが押し寄せる。連絡を待ちながらツイッターのホーム画面に戻ると、忘れていた「伊藤亜希子@ａｋｋｉｙ４１７×××」のツイートが目に入る。自分ではない、自分のツイート。

最後に見たツイートからスクロールしていく。

「ライブ終了！　めっちゃ最高でした！　ミズミン！　今までありがとー！」「朝帰りなう！」「ジョギングいってきたー、最近は黒のウェアがお気に入り！　大人になったのかも」「スタジオだったー一人居残り練習ぷはー」「今日は休みだからまたジョギング」……「わたくしアッキーがＨＡＰＰＹ　ＣＨＩＮＴＡＩのイメージキャラクターに選ばれました！　みんな引っ越すときはＨＡＰＰＹ　ＣＨＩＮＴＡＩでよろしくね」「帰宅なう」

「今家でダンス練習中！　窓って鏡になるんだね！」……三分前。

全身に鳥肌が立つ。

すぐにカーテンを閉め、窓を背に立ち尽くした。呼吸がどんどん荒くなっていく。

どうして知ってるの……。

考えれば考えるほど恐怖が襲いかかる。鼓動は激しく鳴り、過呼吸になっていく。

キッチンに走っていってビニール袋を口にあて、呼吸を無理矢理整えながらコップに水道水を注いだ。キッチンの隅に身体を寄せ、しゃがみ、水を飲む。

――だからツィッターなんかやめとけばよかったんだ――

ジャックはシンクに腰かけていて、右手に持ったジャックオランタンが亜希子の顔の前でゆらゆら揺れている。

――お前はなんて学習能力のない奴だ。三年前で懲りたはずだろう。どうしてツィッターなんかやったんだ。男にかまけたのか？　情けない奴だ。お前の左腕の傷はどうして出来たのか覚えてないのか――

ジャックがシンクの下の扉を開くと、包丁が同じ向きに二つ並んでいる。

「……やめて」

亜希子は自分の左腕を右手でそっと庇《かば》った。二度と思い出したくない過去が、右の手の平を通して否応なく伝わってきてしまう。

三年前、亜希子は包丁で自分の左腕をずたずたに切り裂いた。すぐに発見され、病院へ搬送されたので大事には至らなかったものの事務所は「ダンスの稽古《けいこ》中、天井から照明が落下し左腕を負傷、全治三週間の療養に入る」と発表した。

――病院でもう社会とは完全に断絶すると決めたはずだろう。なのにツイッターなんてよ。やらなきゃこんな怖い思いしなかったのになぁ――

「始めなくたって……誰かが見ていることには変わりないじゃない……」

――その通り。でも勝手に解決するかもしれない。この辺の人が通報するかもしれないし気づかなきゃ楽だったのに。どうする？　これじゃ尾久田にも会いにいけないなぁ――

まだ握りしめたままだった亜希子のスマートフォンから着信音が鳴る。

画面には「グイド　マネージャー」という文字。タップすると住所だけが表示された。

「行く……ひとりじゃいられない」

――俺がいるじゃねーか――

亜希子は包丁差しから素早く包丁を抜き、シンクの上にいるジャックを真一文字に切り裂く。しかしやはり感触はない。「無意味だ。俺もお前もな」という声だけが残り、ジャックは薄《うっす》らと消えていく。

亜希子は急いで準備し、あえて女性らしくない服に着替えた。鞄《かばん》を手にし、玄関に並べられたサングラスの中から「グイド用」としている顔を覆うサングラスを選んだ。傘はビニール傘ではなく、地味な紺一色の傘を選んで、ドアの覗《のぞ》き穴《あな》から外を見た。

誰もいない。ゆっくりとドアを開けると濡《ぬ》れた廊下には足跡もなくて、少しだけ安心した。普段使うエレベーターを避け、駐輪場へと続く階段を静かに下りていく。何度か足下が横滑りするのに耐え、濡れた手すりを握りながらどうにか駐輪場までたどり着いた。左右に狭苦しく並んだ自転車に隠れるよう身を屈め、裏口のドアまで行くと、網目になったドアの隙間から周囲を見渡す。やはり人気は感じられない。この出口に面した通りは手前にLPガスのスタンドがあり、人通りが少ないわりにはタクシーがよく通る。そのためタクシーに乗るときはいつもこのドアを利用していた。

車の眩《まぶ》しいフロントライトが網目を突き抜けた。空車を表示したタクシーが奥に見える。急いでドアを開き、手を挙げるとタクシーが自分の前で停まった。自動で開いたドアから素早く乗り込み、運転手に行き先を告げる。

恐る恐る後ろを振り向いたが誰もいなかった。亜希子はようやく落ち着きを取り戻した。自然に肩の力が抜ける。

タクシーは雨を裂いて進んでいく。一台の車に追い越されたことに気付かないまま。

＊

タクシーの運転手に慌てて告げたのはおおよその場所だったので、車が停車したタイミングで改めてスマートフォンに送られてきた正確な住所を伝えた。ただ運転手は一度の停車では全ての情報をナビに入力できないため、数回の赤信号に分けて設定するはめになった。後ろを確認すると誰もついてきてはいない。しかしそれでもなお周囲に警戒しつつタクシーから降りた場所は本来の目的地であるホテルから最も近いコンビニだった。中に入ると雑誌の陳列されたコーナーで小林マネージャーは写真週刊誌を立ち読みしている。相変わらず黒縁眼鏡とかちっとしたスーツ姿で、爽《さわ》やかだった。そっと左横に立つと彼は目を合わせることなく、素早い動作でカードキーを手渡す。左手の薬指にはめられている指輪がきらりと光った。

渡されたカードキーには付箋《ふせん》が貼られていて、部屋番号が書かれている。コンビニを出ると、亜希子は大きなサングラスを少しずらしてカードキーに記載されたホテルを探した。空を眺めるように探すとようやくそれっぽいビルを見つけた。ビルが巨大なせいか、歩いてみると思ったより距離があった。周囲を警戒しながらも五分ほど歩いてロビーを通り過ぎ、そのままエレベーターへと向かった。階数のボタンを押すとエレベーターは軽い浮遊感を覚えるくらいの速度で目的のフロアを目指す。指定された部屋の前に立って、カードキーを差し込みドアを押すと、仄《ほの》かにメンソールの混じったタバコの香りが漂ってくる。ぼんやりとライトの点《つ》いた廊下を歩くと、開けた寝室には大きなベッドがあって、その隣にある独りがけの椅子に雄一はいた。

「おつかれさま」

低い声でゆっくりとそう言ってから雄一は眼鏡を外し、例のごとく文庫本にしおりを挟んで閉じた。それからいつも通り鞄と上着を受け取ろうと雄一は立ち上がる。けれど亜希子はサングラスも外さずにベッドの端にそっと腰かけ、傘を下に落として鞄を膝《ひざ》の上に置き、項垂《うなだ》れた。

「どうした。大丈——」

雄一はバーボンの入ったグラスをカラカラと鳴らしながら、そっと亜希子のそばに寄った。

「泣いてるのかい？」

「泣いてないよ」

サングラスの中の瞳《ひとみ》には緊張が解けて、涙が溜《た》まっていた。雄一は亜希子の目元にそっと手を伸ばして、サングラスに手をかける。けれど目元を見られるのが嫌で亜希子は雄一に抱きついた。雄一の体温を感じると、安堵《あんど》はより一層深まって涙が一粒だけ落ちた。

「しばらくこうさせて」

頭の後ろに何かが触れた。雄一が髪を撫《な》でていると分かったとき、堪《こら》えていた涙も押し殺していた嗚咽《おえつ》もとうとう全て溢《あふ》れ出た。

「好きなだけ泣きなさい。君はたくさんの人間を幸せにしてるんだ。泣いたって誰も文句は言わないさ」

思わず雄一の首元に顔を埋《うず》める。ふと香るノワール・ド・ノワールがとても優しくて、亜希子はそのままの姿勢で泣き続けた。

しばらくするとサングラスの内側は涙と熱くなった頬のせいで曇り、なんだか妙に気持ち悪く、亜希子はそれを外した。

ぼってりと腫《は》れた瞼《まぶた》が露《あらわ》になる。もたれかかっていた身体を雄一から引き離し、彼の顔を見つめた。

「シャワーでも、浴びておいで」

小さく頷《うなず》いて、亜希子は上着を脱ぎ始める。雄一もそっと手伝い、「たくさん泣くとお腹が空くだろう。何か食べるかい」と囁《ささや》くように言った。もう一度亜希子は頷いた。

「分かった。何か適当なものを頼んでおくよ」

バスルームへの扉を開くと洗面台とバスタブとガラス張りのシャワールームがあった。充実したアメニティグッズが丁寧に配置されている。ただ雄一が使ったであろう歯ブラシだけがグラスに入っていた。磨かれた鏡に自分の姿が映るので、目を逸《そ》らした。

服を脱ぎ、髪を結んでシャワールームに入る。シャワーの温度を少しぬるめに調節して、亜希子は顔に当てた。

こんなに泣いたのは三年前のあの日以来だった。おかしくなって泣きながら自分の腕を切り裂いたあの日から、私は泣いていない。

あのときは少しも痛みを感じなかった。あぁ、血が出てるなぁ、血って意外とキレイなんだぁと、泣きながらそれだけを思った。そして地面に滴り落ちて溜まった血から、あのジャックが現れて、死神だ、このまま死ぬんだ、と遠のく意識の中で考えていた。

——殺すもんか。生きる方がよっぽど辛《つら》いんだからな——

その声を聞いてすぐ気を失った。

目が覚めると天井には宇宙が広がっていて、あのとき「琴座とミズミンに誓って、もう泣かない。もう後ろも振り向かない。ただ自分を信じよう」と決意した。

それなのに私はまた泣いてしまった。

まだ水飛沫《みずしぶき》に涙が混じる。追憶すればするほど、亜希子は追いつめられていく。こんなはずじゃなかった、もっと幸せになるはずだった、どうして辛いことばかり、一体どこで間違えたんだろう。同じようなことを堂々巡りして、気付けば随分と長いことシャワーを浴びていた。

それでもやらなければいけない。少しでも自分のことを待ってる人がいるならば逃げてばかりもいられない。

ガラクタを無理矢理箱に詰めるように、亜希子はそう言い聞かせた。

再び全身を濡らし、蛇口を固く絞って顔に力を入れる。頬を叩《たた》いて、シャワールームから出ると身体から湯気が広がった。鏡を見て笑顔を作ってみる。上がりきらない頬を手のひらで強引に押し上げると、だいぶ楽に笑顔を作れるようになった。

バスルームのドアを開けると、部屋の中には様々な香りが充満していた。

「頼んどいたよ」

近づくと、くるみのパンやチーズにスモークサーモン、魚のソテーやローストビーフ、鶏《とり》のポワレなど色とりどりの料理がテーブルに並べられていた。

「こんなに食べられないよ」

亜希子の表情は自然と緩んだ。

「でも楽しいだろう。飲まないかもと思ったけど、シャンパンも用意したよ」

「ううん、今日は飲みたい」

　ベッドの周りはルームサービスで運ばれた料理でいっぱいで、それらを避けながら亜希子は雄一の座っている反対側のベッドに腰掛けた。

　雄一がシャンパンを注ぐ。黄金色の中で舞う細かい気泡があまりにもエレガントで亜希子は姿勢を正した。

「なんか緊張する」

　乾杯をした。グラスが触れ合うと気泡は一気に増し、そして消えた。

「サーモンの上にキャビアがあるよ」

「おいしいね」

「映画は上手《うま》くいってるの？」

「あぁ、いつも通りだよ」

　適当な会話をしながら、料理をたしなむ。シャンパンはすぐに空いて、雄一があらかじめ頼んでいたらしい、白ワインを冷蔵庫から取り出した。再び注ぐ。

「頬赤いけど、大丈夫かい？」

「大丈夫。少し酔ってるけど」

　お酒は滅多に飲まない。自分が自分でなくなりそうだから。でも今日は自分でいたくなくて、出来る限り飲もうと思った。

ほとんどの料理に手を付けた頃、亜希子は随分と酔っていた。現実から目を背けるためにワインを流し込み続け、焦点も合わなくなっていく。

目が覚めると亜希子は裸で、ベッドに一人だけだった。テーブルには昨夜雄一が飲んだであろうウィスキーの瓶と、「また連絡するよ」という書き置きだけがあった。時刻は午前九時。随分と長い時間寝ていたみたいだ。

いつも通り昨晩を思い返す。しかし記憶は曖昧《あいまい》で、抱かれたかどうかも確実ではない。ただ、床にはコンドームの袋の切れ端が落ちていた。

亜希子を癒す肌はそこにはもうない。触れたいと思う。これもまたヒビ割れたグラスの一つなのだ。

カーテンの隙間から溢れる日差しがなんだか毅然《きぜん》としていて辛い。背を向けてベッドに潜り、一人になってしまった不安と虚無感を押し殺した。

そのまま一時間ほど経ち、小林マネージャーに連絡をした。

「もしもし」

「すいません、もう準備できたんですけど」

「はい、じゃあ今から伺います」

「いえ、あの、ここって一晩いくらですか」

「八万円くらいだと思います」

「そうですか。あの、私、今日もここに泊まりたいんですけど、いいですか。もちろん自分で払うんで」

「わかりました。フロントと話しておきます」

「ありがとうございます」

あの家には帰れない。しばらくはホテル暮らしをして、自分のマネージャーに相談するしかない。

昨晩の残ったワインを飲むと酸っぱくて、それでも飲み干して亜希子は再びベッドに潜ってスマートフォンをいじった。恐る恐るツイッターを開いてみると、「今家でダンス練習中！　窓って鏡になるんだね！」と昨日のツイートで終わっていた。

安心したけれど、やっぱり怖くなって思い切り目を閉じた。

＊

尾久田と会ってから三日間、仕事は休みだったけれど亜希子はホテルから一歩も出なかった。食事は全てルームサービスで済ませた。四日目は「Ａｐｐｌｅ　Ｍｉｎｔ　Ｍｏｏｎ」を初披露する生放送の音楽番組があったため、マネージャーに連絡をしてホテルまで迎えに来てもらうことにした。マネージャーに顔色の悪さを尋ねられたけれど、「生理がひどいだけ」とそれ以上何も言えない答えを返し、会話を終わらせた。スタジオに到着し、取り憑《つ》かれたようにパフォーマンスの練習をする。話しかけられたくなくて、わざと気迫に満ちた動きと表情をしながら踊った。それでもJ・Dだけが「そんなにフルアウトで練習してっと本番疲れんぞ」と注意をしてきた。反応せず、亜希子はとにかく踊り続ける。

なるべくツイッターの件は考えず、とにかくマリエよりもいいパフォーマンスをすることだけに専念した。「バランスと時代」をこの手で取り戻す。それが出来ればもっと強くなれる気がした。

本番まで残り一時間。予定より時間がない。慌ててメイクをし、ブローした髪をストレートアイロンで丁寧に伸ばす。途中で胸の辺りの毛先が思いのほか傷んでいるのを知り、自前の化粧箱にあったハサミで慎重に切った。

再び髪をアイロンで伸ばしながら、ちらりと横にいるメンバーを見た。マリエはアッシュブロンドに染め上げた髪をふんわりとカールさせている。

綺麗《きれい》だけど彼女らしくないヘアスタイルに思えた。似合っていないわけじゃない。ただ凛々《りり》しい顔つきとこの髪形とはギャップが強すぎて、違和感がある。

突如この髪色で現れた彼女の思惑はおそらく、センター二人——私とリリィ——を食うことにある。「別にいいですよ。私センターじゃなくて」とマリエは言ったけれど、それはマリエの本心じゃない。実力で奪おうとしている。私達二人よりも目立つことによって、センターを奪回、もしくはその意思表明が目的なのは明らかだった。

私も食ってやる。負けない。亜希子、たじろいじゃだめ。強くなれ。

決して仲が悪いわけではない。しかし仲の良さだけではアイドルは務まらない。互いに刺激し合い向上することが、それぞれの為にもなる。

髪に艶《つや》が出たので、アイロンの電源を切る。椅子を後ろに引いて全体のバランスを確認してからメイク室を出て、自分のバッグが置いてある楽屋のテーブルへと向かう。そして尾久田雄一とお揃いのトム・フォードの香水を左手の甲に噴霧し、右手首と数回擦《こす》り合わせて再びバッグにしまった。

ジンクス、というのを全てのタレントが持っているかどうかは知らない。ただ、亜希子はこのいわゆる「儀式」を本番前に必ず行っていた。人から見れば無意味に思えるものでも、ジンクスとは本人にとって大きな役割を果たす。例えば靴を右から履くだとか、本番用の下着を着用するとか、五分前に歯を磨くとか、そういうもので緊張を和らげたり、自信をつけたりする人もいる。亜希子にとってのジンクスは「尾久田雄一とお揃いの香水を左手の甲に噴霧し、右手首と数回擦り合わせ」ることだった。

ジンクスの由来はシンプルだった。マイクを握ったとき、左手の甲は鼻元にもっとも近い箇所だから。いつだって彼を感じることが出来るように。

何年経っても緊張が抜けなくて、今まで練習以上の成果が出せたと感じたことはない。でも今回は大丈夫。予感だけど、たくさん練習もした。

本番を前に高揚する気分を押し殺し、すぐ手前の椅子にかかっていた自分のジャケットのポケットからスマートフォンを取り出した。尾久田雄一宛《あて》にツイッターのダイレクトメッセージを送る。

「グイドさんへ　今から生放送本番です。緊張するけど、頑張ります」

それから、「普段はあんまりこんなこと言わないけど、もしよかったら見てください」と付け加えた。

送信済みを確認して、再びもとのポケットへとスマートフォンを戻した。

「MORSEさん、出番でーす」

ヘッドセットを首にかけたADが声をかける。それぞれがまばらにスタジオへと向かった。

番組が始まり、他のアーティストと司会者と軽いトークをする。それから雛壇《ひなだん》に座って自分たちの出番を待つ。MORSEの出番は五番目、つまり最後。

そのときがきた。CMの間に五人は雛壇から降りて、ステージへと向かう。

練習通りに。リハーサル通りに。落ち着け自分。

深呼吸をしても心臓の高鳴りは静まらないけれど、それくらいしか今出来ることはない。ゆっくりと目を閉じて耳を澄ます。

ＣＭが明けて、アナウンサーがついに曲紹介をする。

「それではお聴きください。ＭＯＲＳＥで『Ａｐｐｌｅ　Ｍｉｎｔ　Ｍｏｏｎ』」

練習のときと同じくドラムのカウントが四拍あったのち、イントロが鳴る。気持ちが高ぶると本来のテンポよりも速く踊ってしまう自分の癖をなんとか抑える。曲に合わせてへその下あたりを絞っては緩め、と同時に指先爪先も意識する。いや意識しない。練習で十分に身体が覚えているはず。とにかく、リズム。そして他のメンバーの動きと揃えるべく皆の呼吸を感じる。

すぐにヴォーカルパート。

りんごの蜜《みつ》みたいに　パーフェクトなバランスで　甘く柔らかく　ねぇそうでしょ♪

節に合わせて首を傾けることでリズムをとってしまいがちだけれど、亜希子はしない。むしろ身体はほとんど動かさずに表情のみで歌う。ダンスパートと歌部分のメリハリをはっきりさせる目的なのだ。

Ｂメロになってからは再び踊る。踊る。歌う。踊る……。

夢中だった。手の甲の香りも、照明の熱気も感じられぬまま、気付けばパフォーマンスは終わっていた。

失敗はない。フルアウトでやれた。問題はない。研究の成果もばっちりだった。私は「バランスと時代」を獲得したはず。

呼吸もままならぬ状態でも、亜希子の顔にはしっかりとした笑みが浮かんでいた。ふと目線を隣に持っていく。亜希子よりは少し落ち着いた状態のリリィが、こちらを見ていた。亜希子は顔に笑みを残したままだったので、その表情を見られたことが恥ずかしくなってしまい、慌てて奥に押し込めた。

番組は終わり、MORSEの五人は楽屋へと戻った。それぞれが着替えてから、スタッフが録画しておいた本番の放送をチェックする。

マネージャーがリモコンで操作すると録画された番組が流れ、MORSEの出番まで早送りをした。そして再生。

曲とともにMORSEが動き出す。亜希子は食い入るように自分を見つめた。いい。亜希子は客観的にそう思えた。テレビに映る自分が他人かと思えるほど、締まった動きをしている。

しかしAメロにさしかかった瞬間、摑《つか》みつつあった感動がとたんに離れ始めた。亜希子はマリエにばかり囚《とら》われ過ぎていたせいで、リリィの存在に着目していなかった。当たり前なのに、どうして気付かなかったんだろう。ミズミンの後枠として選抜された人間が、ミズミン以下の実力である訳がない。

完璧《かんぺき》だった。歌もダンスもカメラに対する視線、表情も。上手《うま》いだけじゃない。飛び抜けて魅力的だった。

たったワンフレーズで分かる。曲の持つポップさと切なさを含んだ声色。アニメキャラクターのような瞳《ひとみ》。身体能力。観客を注目させるには十分すぎる素養。

次に映る自分が甚《いた》く凡庸に思えた。自分はただの「引き立て役」だった。

J・Dの言葉がようやく理解できた。バランスと時代。瑞々《みずみず》しいメンバーの加入で亜希子が前に出ることは自ら不協和音を奏でるようなものだった。マリエがセンターをすれば、MORSEのバランスは抜群によくなる。年齢的にも、亜希子の「時代」は終わりを告げた。

リリィもマリエも他のメンバーも、抜けたミズミンも皆、天才だった。私だけが――。

画面に映る自分が気持ちよく微笑んでいてたまらなく憎い。

集中力を欠いているうちに録画された番組は終わる。

「OK！　Good job」とJ・Dは手を鳴らし、「いいじゃん。次もこの感じで頼むよ。次回のセンターはマリエのバージョンな」と言った。メンバーらも各々《おのおの》「よかったじゃーん」とか「おつかれ」とか、時折衣装やカメラ割りの不満を言った。

「亜希子さん？　お疲れさまでした」

振り向く以前に数回名前を呼ばれていたらしく、亜希子がようやく声の方を向くと、「新人」が不安げな顔をして立っていた。

「大丈夫ですか？」

「うん、大丈夫」

頭の中をぐるぐると、調子に乗った自分に対する「恥」が回り続ける。

「亜希子さん、かっこよかったです」

「ありがとう。リリィもよかったよ」

「全然です。亜希子さんには敵《かな》いっこありません」

悪気がないのは分かってる。自分の魅力って自分じゃ分からないもの。でもお願い。今はひとりにして。

「今まで私が見た亜希子さんの歌とダンスの中でいちば」

「ごめんちょっとトイレ」

周りの音が歪《ゆが》み始めたのをきっかけに限界を知り、やや早歩きでトイレへと駆け込む。キーンという高周波数の金属音らしきものが耳に混じる。

猫背になりながらもどうにかトイレのドアを閉めて鍵《かぎ》をかけた。

深呼吸すらできず、硬くなった気管の筋肉をどうにか解《ほぐ》そうとする。けれど上手くいかず、そのうちに涙腺《るいせん》が緩み始める。

裏切られたような感覚もある。けれど、それよりは期待した自分に矛先が向く。誰よりもこのグループのことを考えてきた自負はある。他のメンバーのおかげももちろんあるけどMORSEをここまで育てたのはミズミンと私のはずだった。しかしその自分が誰よりもメンバーを理解できていなかった。私は一体何を見てきたんだろう。

どれだけ我慢しても嗚咽《おえつ》の声を抑えられない。口を両手で押さえるけれど、やはり声が漏れてしまう。過呼吸になるのは嫌だ。亜希子は左手の甲の薄い肉を前歯で噛《か》み、堪《こら》える。

ふと香水の匂いが香った。あの人とお揃いの香水。

こんなことでちょっとでも楽になる自分が本当に嫌だ。でもグィドさんに会えれば、この気持ちはきっとマシになる。でも、会えない。

ジャケットに入れたままのスマートフォンがふと鳴る。見るとツイッターの亜希子のアカウントに雄一からのダイレクトメッセージが届いていた。

「放送見たよ。とても輝いてた。素晴らしかったよ」

違う。輝けてなんかない。今の私は自分で光を放たないくせにあたかも星であるかのように地球を回る月と同じ。

慰められたことでこみ上げる虚《むな》しさ。嗚咽は収まったけれど、涙はまだ一定のスピードで流れ続けている。

画面を戻すと、例の伊藤亜希子@akkiy417×××のツイートが目に入る。

最後のツイートは五分前。

「最高に楽しかった！　自分からしても上出来！　歌もダンスも本当に大好き！　MORSE万歳！」

怒りにも似た叫びが肺の奥で聞こえる。

スマートフォンが震えた。ミズミンから電話だ。

「もしもしアッキー？」

「……うん」

「見たよMステ！　あの子すごいじゃーん、新しい子。MORSEもっと売れちゃうねー。なんか寂しいなぁ」

「そうだね」

「元気なさそうだけど大丈夫？」

「今終わったばっかりだから」

「そっか、お疲れ。あっ、私、洋ちゃんとより戻したの。心配かけてごめんね」

「うん……」

「あっ、ごめん呼ばれちゃった。今映画の現場でさ。またね！」

電話が切れた。映画の現場？　しばらく仕事なくなるはずじゃ……。

もう、なんなのよ……ホント……皆も、私も、なんなのよ……。もうダメ……。

——もうダメか——

顔をあげるとアイツがいる。

——どうする、また自傷行為でもやるか——

ジャックは突然亜希子のスマートフォンを取り上げ、おもむろになにかを始めた。

——ほれ。みてみろよ——

そこには「アッキー今日もかわいい」「アッキー可愛すぎて死ねる」「新曲最高　アッキーの笑顔大好き」「アッキーとか騒ぐ奴マジキモ」「よく見たらブスじゃんアッキー」などが羅列されていた。

——ツイッターの検索に『アッキー』って入力したらこんなに出てくんだなぁ。それも色んな内容がさ。これが人の声だぞ。お前を讃《たた》えるやつもいれば罵倒《ばとう》するやつもいる。前に学んだよなぁ。お前はそれに耐えられないどころか、自分でも『私にはなにもない』と自己批判している——

亜希子はただ黙って聞いていた。

——でもミズミンがいなくなって、確かにMORSEは変わっちまったよなぁ。お前だけが浮いてるよ――

その通りかもしれない。そもそも私がいない方がまとまるのかもしれない。

——戦力外通告だったんだよ。J・Dのフォーメーションは。なのにお前はまだやれるって意地張ってな。それでこのざまだ。だったらお前もミズミンと一緒に辞《や》めればよかったんじゃねーのか。賞味期限はとっくに切れてんだから――

賞味期限。ミズミンといるから保てた鮮度はみるみるうちに低下していたのだろうか。

――お前の血から生まれたとき、俺が言った言葉を覚えているか？――

俯《うつむ》いたままの亜希子に、ジャックは滔々《とうとう》としゃべり続ける。

――覚えてないならもう一度言ってやる。『殺すもんか。生きる方がよっぽど辛いんだからな』だ。それはこの俺が証明している――

ジャックオランタンの話は知っている。悪魔を騙《だま》し続けたせいで、死後天国にも地獄にも入れてもらえず、仕方なく悪魔から少しの火を分けてもらい、カブで作った提《ラン》灯《タン》を片手に孤独に彷徨《さまよ》い続けているという物語。

――お前も同じだろう。天国にも地獄にもいけず、自分の幸福はどこにもない。曖《あい》昧《まい》な立場に崩れ落ちそうじゃないか――

ジャックオランタンは裂けた口を大胆に開け、嘲笑《あざわら》う。

「やめて、笑わないで」

ジャックオランタンはより声を張り上げて哄笑《こうしょう》した。

「だからやめてってば!!」

立ち上がって叫ぶと同時に脱力してしまい、亜希子は膝《ひざ》から崩れ落ちた。

——お前は俺で俺はお前なんだ。あの前進する決意を固めた夜があったにもかかわらず、俺という男がお前につきまとっているのはお前自身の欠落から来てるのさ——

呼吸困難になり、混乱する頭を壁に打ち付けた。もう限界だった。

スマートフォンを両手で握りしめて額に当てる。虚脱状態のまま時間だけが過ぎていった。

突然ノックの音がした。

「亜希子さん、大丈夫ですか？」

リリィの声。もう動揺しないほどくたびれていた。

「うん。大丈夫。皆に先に帰っていいよって伝えといて」

力の抜けた弱々しい声しか発せられない。

「わかりました」

トイレのドアの閉まる音が聞こえてから数分後、今度は亜希子のマネージャーが入ってくる。

「大丈夫ですか？　体調悪いなら病院に連絡しますよ？」

亜希子はしばらく黙ってから、「あと五分で出るから楽屋で待ってて」と答え、再びドアの閉まる音が聞こえたと同時にツイッターのダイレクトメッセージを送る。

どうしても今日会いたいです。こないだ泊まったホテルにいます。わがままなのは分かってますが、お願いします。

会いたい。病院に行くくらいならあの人に会う。

亜希子はふらふらと立ち上がり、トイレを出て鏡を見た。

目の周りは赤みを帯び、やはりぷっくりと腫《は》れ上がっている。水道から水を流し、しばらく手を濡《ぬ》らし続ける。硬い紙ですばやく拭《ふ》いてから両手で顔を覆った。火照った顔が冷えていく。両手を下ろすとそこには醜く疲弊した顔があった。亜希子は彼女に弱々しく微笑んでみた。けれど上手《うま》く出来ない。トイレを出ると、背後からは馬鹿にするようにドアの音が鳴った。

＊

ベッドメイキングの終わった部屋は逆に居心地が悪くて、シーツを外してくしゃくしゃにした。明かりはスタンドライトが二カ所ほど微《かす》かに灯《とも》っているだけで、あとは壁一面の窓ガラスから街の光がいくらか差し込むだけだった。

シーツにくるまって、尾久田を待った。ホテルについて一時間半ほど経った午後十一時過ぎ、チャイムが鳴ったので亜希子は急いでドアを開けた。しかしそこに現れたのは尾久田雄一ではなく雄一の嫁の東淳子だった。テレビでの印象と違いはなく細い身体と小さい顔で、ビー玉のように澄んだ瞳《ひとみ》からは射るような視線が向けられていた。

亜希子があとずさりすると、ゆっくりと一歩一歩踏みしめるように淳子は部屋に入り、静かにドアを閉めた。

「実物も可愛い顔してるのね。目もくりくりしててお人形さんみたいじゃない」

自分に向けられている言葉は、自分が東淳子に抱いた感想と同じだった。

「どうしてって顔よね。でもね、私もそう思ってるのよ。どうして？ってね」

優しげな表情が余計に恐怖心を煽《あお》る。淳子は壁のスイッチをパチパチと押し、部屋の電気を点《つ》けた。辺りを見回し、三日前に雄一が座っていた独りがけの椅子に腰掛ける。テーブルの上には三日前から置かれ続けた雄一のウィスキーがあり、淳子はそれを摑《つか》んで大きくため息をついた。

「あなたの匂い、腹が立つわね。シャワーを浴びてきてほしいけど、待つのも面倒だからそのままでいいわ」

クラッチバッグを開いて取り出したのはタバコの箱で、その一本に火を点けた。タバコを吸うイメージはなかったけれど、細長いタバコと指が色っぽくて似合っている。

淳子は携帯を開き、亜希子の方に画面を見せた。そこには亜希子が雄一に送った「どうしても今日会いたいです。こないだ泊まったホテルにいます。わがままなのは分かってますが、お願いします」というダイレクトメッセージと、このホテルの住所が表示されている。

「アドレスがねぇ。danna-hurinsitemasuyo@（だんな不倫してますよ）だってさ。やんなっちゃうわよ。返信しようとしたらもうアドレス変わってたしね」

背中を冷たい汗が伝う。緊張で身体が思うように動かない。

「まぁ前々から夫の火遊びは知ってましたけどね」

火遊びという語感がやけに突き刺さる。

「で、どうしましょうか」

吐き出す煙が室内に充満した。

「黙ってちゃわからないわよ」

ここからどう逃げようかと考える。けれどこの距離ではすぐに捕まってしまいそうだ。

「ねぇ、あの人のどこが好きなの？」

何かを答えれば、そこから一気につけこまれそうだ。黙っているしかないと思ったが、淳子は急かすように「答えて」と言った。

「全部です」

亜希子はあやふやな言葉で誤魔化したものの、淳子は切り捨てるような笑みを浮かべ、煙を吐き出した。

「なんだか面白みに欠ける答えね。私はね、彼の蓮《はす》みたいなところが好きなの」

亜希子は低い声でゆっくりと話す淳子をじっと見つめた。

「花は美しいけど根っこはすかすか。そんなところがね、私は好きなのよ。どこか浅はかな感じが、痛々しくて可愛らしいじゃない」

タバコを灰皿に押し付けてから淳子は髪をかきあげ、背もたれに寄りかかった。

「なのに満たされてたりすると、彼の魅力が半減しちゃうでしょう。だから困るのよね、こういうことされると」

「それは」

我慢ならずに声を発したが掠《かす》れてしまい、亜希子は一度咳《せき》をした。

「それは、本当に好きなんでしょうか」

「好きよ」

淳子の尖《とが》った視線と重苦しい声色に、心臓をえぐられそうだった。

「あなたの気持ちは分かるわ。もともと私もあなたと同じような関係だったからね。だから責める気はないの。ただ、そろそろいいんじゃないかしら？　不倫騒ぎが起きてからじゃ、収拾つかなくなるわよ。私のところにこんなメールが来たってことは第三者にこのことがばれてるってことなの。既にかなりまずい状況ね。あなたもプロなんだから分かるでしょう。こんなことで全てを棒に振らないで」

「いやです」

亜希子はついに決意した。先々を考えてしおらしく振る舞うことにも嫌気がさした。

「私は雄一さんを愛してます。淳子さん別れてください」

「どういう意味？」

思いのままを口にする。それまで冷めたままだった淳子の顔が、一瞬にして熱を帯びた。

「あなた自分の言ってること理解できてる？　私たちには子供もいるし、家庭があるの。そもそも雄一がね、あなたと一緒になるわけないでしょう」

そんなことない。このあいだここで食事したときの彼の視線には、絶対に愛があった。

「それにあなたのようなアイドルがね、不倫からの略奪愛なんて許されるわけないでしょう」

「もうアイドルやめます」

口走った言葉に自分でも思わず驚いたけれど、気分はなぜかすっきりしていた。どうにか奥に押し込んでいた一つの選択肢が、ようやく現実味を帯びてきたからだろうか。

チャイムが鳴る。誰かは開けなくても想定できた。

亜希子と淳子は互いに目を見合わせながら、どちらが出るかを探った。その間にもチャイムは鳴り続ける。高まる気分を和らげようとしてか、淳子がもう一度タバコに火を点けたので亜希子は静かにドアの方へ歩いていった。

鍵を外すと勢いよく扉が開き、「マキ？　大丈夫か？」と雄一は声をかけた。淳子が来ていることを雄一は知らないらしい。彼の場所から淳子の姿は見えない。

動揺しながらも亜希子は雄一に抱きついた。

「助けて、グイドさん」

なにもかも放り出して、自分の身を雄一に委ねたかった。自暴自棄を通り越して、雄一に自分の人生を変えてもらいたいと願い始めていた。

「グイドって呼ばせてるのね、雄一さん」

抱きしめたまま俯《うつむ》いていた雄一が顔を上げると、淳子は壁によりかかってこっちを見ていた。それから足下にある冷蔵庫を開け、ペットボトルの水を取り出して蓋《ふた》を捻《ひね》った。

雄一は驚いた表情は浮かべつつも、無言のまま亜希子を身体から離した。

「雄一さん、そろそろ遊びの時間は終わりにする頃じゃない？　どうやらあなたの不倫も第三者にばれているようよ」

「本当か？」

尾久田は激しく狼狽《ろうばい》した様子で、視線が左右に細かく往復していた。その気持ちは亜希子も理解できる。これほどまでに徹底してきた証拠隠滅、アリバイ工作に漏れがあったとは思えないし、もしこの事実が公になれば、役者生命に多大な影響が出てしまうのは明らかだ。

淳子はペットボトルの水を一口飲み、雄一に指示をした。

「だから早く言ってあげて、『今日で終わりにしよう』って。あなたが言わないと面倒なことになるわよ。さっきその子、『淳子さん別れてください』とか『アイドルやめる』とか言い出してたし。まるであなたと心中する勢い」

雄一は当惑した面持ちで亜希子を見た。弱々しい視線は頼りなく、今にも「終わりにしよう」と言い兼ねない。

「やめて、言わないで」

ふと雄一の腰もとがじんわりとオレンジ色に照らされた。不安定なリズムで揺れる光は徐々に明るくなる。ランタンだ。視線を上にあげると雄一の背から剝《は》がれるようにジャックが現れた。

亜希子は驚愕《きょうがく》した。

ジャックオランタンは冷笑を浮かべつつ、口を開く。その動きは雄一と完全に重なった。

――今日で終わりにし――

亜希子は悲鳴を上げた。部屋の奥へと戻り、固まって落ちていたシーツで振り払いながらテーブルの方に行く。壁一面の窓に背中がつくと、悔しさもこみ上げ、涙が異常なまでに溢《あふ》れる。

興奮する亜希子をなだめようと、雄一は近寄って身体を摑《つか》もうとする。上手《うま》くいかず、淳子と二人がかりで捕まえようとするものの、亜希子の細い身体と素早い動きに何度も失敗してしまった。雄一が叫び続ける亜希子の口もとを押さえようとしたので、思い切り彼の手を嚙《か》んだ。それからシーツを放り捨てテーブルのウィスキー瓶を摑む。すかさず瓶を逆さに持ち替え、口の辺りを握って大きく振りかざす。そして瓶の下部をテーブルの角に大きく打ち付けた。ガラスの破片と茶色い液体が空間にきらきらと散らばる。

「近づかないで。これ以上近づいたら刺す」

亜希子は息を切らしながら鋭利に割れたウィスキーの瓶を二人とジャックに向けて言った。さきほどまで激しい動きをしていた全員が一時停止したようにぴたっと止まったが、ジャックだけは部屋をうろうろと動き回っていた。

亜希子は雄一の視線がふと外れたタイミングを逃さず、俊敏な動きで二人の間をすり抜けた。咄嗟《とっさ》に二人は身をかわしてしまい、淳子は亜希子を捕まえようと慌てて振り返る。しかし運悪く、落ちていたシーツに足が絡まり、淳子は身体のバランスを崩した。反射的にテーブルの端に手をつくものの、よろけた身体を支えることが出来ずテーブルと一緒に倒れてしまった。

青い炎が床を這《は》うように広がった。テーブルの上にあったまだ火が点《つ》いたままのタバコが飛び散ったウィスキーに引火したのだ。炎はあっという間にシーツに着火し、部屋中は真っ赤に照らされた。

身体を炎に覆われた淳子はパニックになり、喚きながらシャワールームへと駆け込んだ。雄一は「淳子！　大丈夫か！」と大声を出しながら、部屋中に燃え広がる火にたじろいでいる。

そんな彼を尻目《しりめ》に亜希子はドアへと向かった。部屋を出るとき、一度だけ振り返った。そこから見えた雄一の姿は、一心不乱で余裕のかけらもなく、髪の乱れたただの男でしかなかった。数秒、彼と目が合う。けれど相手は何も言うこともなくすぐにシャワールームへ行った。

亜希子は失望を振り切るように廊下を走り抜け、十一階から一気に非常階段を下りて、ホテルから出た。そしてゼンマイ仕掛けのおもちゃが止まるときのように、亜希子はゆっくりと横断歩道の前まで歩き、立ち尽くした。

――ほらな、同じだろう。天国でも地獄でもない場所にお前はいるんだよ――

目の前の道路を車が行き交う。

――そろそろ限界みたいだからな、前に言った『殺すもんか』ってのを却下してやる。いっそのこと死んじまえ。その方がきっと楽だ――

信号は赤だった。

亜希子は微《かす》かに残っていた力で、ゆっくりと一歩踏み出した。ホテルの一室の窓からは、赤い光がまだちらちらと騒がしく揺らめいている。

7

巧　数奇な幻覚

　ここ数日、伊藤亜希子を自宅付近で張っていたが彼女は一度も帰ってこなかった。もしや、尾行がばれたか？

　居場所が摑《つか》めないのでは為す術《すべ》もない。こないだまでの調子が嘘のように巧は手こずっていた。予定ではとっくにビッグなスクープを摑んでいたはずだった。

　伊藤亜希子に関しては現在、ほぼ八方塞《はっぽうふさ》がりの状況。一方で、マネージャーを尾行していた尾久田雄一側も亜希子に接触したという決定的な証拠があの日以来見つけられていない。

　尾久田宅の「チェックメイト」に車を停めながら、解決の糸口を考える。先ほど自宅を覗《のぞ》いた限りでは尾久田雄一はまだ帰っていないようだった。しばらくは遅くまで映画の撮影が続くと小日向から聞いている。しかし現在十時半。そろそろ帰宅してもいいはずだが。

そのときだった。どこかで見覚えのある車が通り過ぎた。アウディＴＴクーペ。それは尾久田宅の門から見た「フィギュアのように一定の向きに並んだ高級外車」のひとつだった。しかしあの車が走っているところを見たのは初めてだ。なおかつ運転手は女性——東淳子？　毎晩夫の帰りを起きて待つ貞淑な妻が、娘を置いて夫が帰ってくるかもしれないこの時間に一体どこへ？

考えているうちに自然とエンジンをかけていた。既に三十秒は経っている。巧は神経を研ぎすませながらゆっくりとアクセルを踏み、アウディのあとを追った。右前を走る車のナンバーを確認すると、やはり尾久田の車と同一だった。

追いかけてどうする。しかし自分の勘が、何か怪しいと判断している。もしや東淳子が不倫をしている可能性もあるのか。それならそれでスクープとして成立するし、悪い話じゃない。いや、そんなに虫のいい話は、さすがにないか。

十五分ほど走行してから、淳子のウィンカーが示した右の方向には有名なホテルがあった。まさかとは思ったが、虫のいい話の可能性が増してきた。タナボタとはまさにこのことだ。

巧はその場でハザードを出し、ちょうどよく空いていたパーキングスペースに車を停めた。東淳子は車の流れが和らいだタイミングで右折し、ホテルの車寄せに入っていく。

サイドブレーキを引き、車から降りて鍵《かぎ》をボーイに預ける被写体に巧は急いでレンズを向ける。そして手際よく三回シャッターを切った。

ホテルの中まで追いかけ回すことは出来ない。道路は片側二車線で、エントランスに対面したこの位置は最高の場所だ。確率は低いが、上手《うま》くいけばこれから不倫相手がやってくるかもしれない。それが有名人でありますようにと巧は願った。

しばらくしてやってきたのは確かに有名人だったが、期待とは大きく外れた人物だった。小林の車は、車寄せに入って、雄一だけを降ろした。

結婚記念日かなにかだろうか。夫婦でホテルに泊まるようだ。

もともと裏のとれていない話だった。自分の嗅覚《きゅうかく》も鈍ったもんだと巧は落ち込んだ。

小林は、巧の車の真後ろにある横断歩道を挟んで二つ後ろに停車した。

ふと見上げた。このホテルは何階建てだろう。そういえば「このビルは何階建てですか？」というのを英語で尋ねるとき、「How many stories does this building have?」と言うらしい。理由は知らないが、悠然とそびえ立つこのホテルには百以上の部屋数があって、そのひとつひとつに人がいて物語がある。その中に自分のような不運な人間はどれくらいいるのだろうか、ともの思いに耽《ふけ》ったが、自分のペシミストぶりに嫌気がさしすぐに考えるのをやめた。カメラレンズについた埃《ほこり》をクロスで拭《ふ》く。

そのとき、突然携帯が鳴った。画面には坂木と表示された。

「どうした？」

「巧！　東京プリンスパークホテルにアッキーと尾久田が泊まってる！　早く行け！」

「もういるよ。ってかアッキーはいねーよ」

「いやいるんだよ！」

このホテルに泊まっているのは尾久田夫妻で間違いなく伊藤亜希子はいないはずだ。再びホテルを見上げ、羅列した窓をチェックしていく。すると十階あたりの窓に女性の後ろ姿が見えた。何かから逃げているのか、振り払うような激しい動きをしている。携帯を耳に付けたまま、片手で望遠レンズのついた一眼レフカメラを摑み、その部屋の窓を覗いた。女の顔が見える。伊藤亜希子。

何がどうなっているのか、そんなこと考えるのはあとだ。電話を切り、カメラを両手でしっかり固定する。それからボタンを半押ししてオートフォーカスを合わす。興奮を抑えながら、しっかりとスクープを画角に収めようと慎重に、なおかつ素早くシャッターを切る。するとレンズ越しに尾久田夫妻が見えた。狂乱する伊藤亜希子を尾久田夫妻が必死に押さえつけようとしているように見えるが……。わけがわからない。一体どういう状況なのだろう。

そのうち部屋の灯りがゆらゆらと異様に揺らぎ始めた。似たような光景を最近どこかで見た。カフェ・ロワイヤルだ。コーヒーの上で揺らめく炎。炎？　部屋が燃えている？　火事か？

光はだんだんと威勢よく舞い広がっていく。

ふと視線を下げた。すると亜希子が回転扉を通り、車寄せを走り抜けてゆっくりと横断歩道の前に止まった。

どうしてそう思ったのか自分でも分からない。しかしなぜかこのとき、伊藤亜希子の佇《たたず》まいがあの事故の日の、スクランブル交差点越しに見たユウアの姿とぴったり重なった。表情も体つきも、決して似ていないのに、横断歩道の向こうにいる女性がどうしてもユウアに思えて仕方なかった。締め付けられるような感覚になり、呼吸は激しく乱れていった。

平静を取り戻すため、巧は一度強く瞼《まぶた》を閉じた。

突如大音量のクラクションが鳴る。驚いて目を開けると、伊藤亜希子が信号を無視してゆっくりと横断歩道を渡っていた。

巧は咄嗟《とっさ》に車から降りた。するとすぐに後ろの車からも誰かが降りてくる。巧は右を向いた。小林だ。関係が露呈しないよう、尾久田雄一のフォローに入るつもりなのか？

二人は横断歩道の左右に立つ形になった。小林は亜希子を直視しているが、様子が変だ。泣いている。それも数滴といったレベルではなくぼろぼろと。

車の流れが止まった隙に、小林は亜希子に駆け寄り、中央分離帯のラインまで引き寄せた。それからぐっと抱きしめる。何かを喋《しゃべ》っているようだが、聞き取ることができない。

どういうことだろう。尾久田雄一と出来ていたんじゃなく、小林と出来ていたということなのか。しかし彼には元モデルの奥さんがいるはずだ。どちらにせよ、不倫には変わりない。

問題ない。亜希子のスクープに変わりないのだ。当初の予定よりも減額するかもしれないが、それにしたって高額な報酬には変わりないだろう。きっと尾久田の火災事故もスクープになる。上々じゃないか。

これでいい。この瞬間を待っていた。

巧は先ほどの動揺から一変、再び高揚を取り戻す。

ファインダーを覗《のぞ》き、抱き合う二人を撮影する。しかしやはりおかしい。亜希子は抱きしめられているにもかかわらず無表情だった。幽体離脱でもしているかのように生気が全く感じられない。一方、マネージャーは愛する人との永遠の死別よろしくわんわんと泣き喚《わめ》いている。すると突然、亜希子は糸の切れたマリオネットのごとくへたへたと座り込んだ。すれ違う車に乗った人々は、ちらちらと二人を見て首を捻《ひね》っては去っていった。

ファインダーを覗いたまま、再び視線を上げた。窓から尾久田雄一が道路を見下ろしていた。部屋の奥が炎で逆光になっているため表情はよく見えないが、シルエットから不安げに窓に手をつきじっと覗き込んでいることは分かる。背後にはちらちらと炎の光が揺れている。

不意に視界がまっ暗になる。それからコンマ数秒後、鼻の付け根に尋常じゃない痛みを感じた。身体は後ろに吹き飛び、背中が自分の軽自動車にぶつかる。あまりの衝撃に巧はうずくまり、カメラを持った右手を地面についた。するとカメラは蹴飛《けと》ばされ、絶妙なタイミングでトラックの下敷きになり、バラバラになった。

鼻を押さえると、粘り気のある液体を感じた。血だ。

痛みを堪《こら》え、目の前に立つ男を見た。ドット柄のパーカーを着た男は、フードを被《かぶ》っていたため顔が陰になって見えない。

「よこどりはよくないよ」

どことなく幼い声のように思えた。巧は腹部にもう一度蹴りをもらい、地べたに完全に横になった。

ドット野郎はボストンバッグを肩にかけ直し、横断歩道を身軽に渡って、抱き合う二人の近くをゆっくりと素通りした。ボストンバッグの前面が異様に二人に向いている。おそらく中にはビデオカメラが入っている。

まさか、同業者……？

今活動しているゴシップカメラマンのほとんどは動画で撮影している。録画ボタンを押してカバンに忍ばせておけば相手に気づかれにくく、しかもシャッターチャンスを逃すこともない。巧のようにカメラで撮影するのは少数派だった。

腹部を押さえてうずくまったまま、破壊されたカメラを見る。レンズは粉々で、本体の状態からしてもデータの修復は難しそうだ。

これまでの時間が全て無駄になったことに怒りがこみ上げてくる。一方で痛みは、テコンドーをしていた頃の快感を巧に思い出させた。

信号が変わった。巧はゆっくり立ち上がって手をだらりとさせ、懐かしのファイティングスタイルをとる。

地面を足の裏で感じ、瞬時に突っぱねる。小さく抱き合う二人をよそに、巧は前傾姿勢で一目散にドットの男をめがける。残り十メートルほどの距離になって歩幅を計算する。残り二歩でアスファルトを蹴り上げれば命中だ。しかし十四年ぶりに上がるだろうか、この脚。

一。二。頼む。俺の脚。

地面を蹴った瞬間に身体を右に捻って跳ぶ。

いける。

と思った矢先、ドットの男が振り向く。

狙っていたのは首の真下、肩甲骨の真ん中辺りだった。そこが相手を吹っ飛ばすには最適な箇所だった。倒れてから、同じように蹴り飛ばすつもりだった。

これでは足を摑《つか》まれて逆にピンチに追い込まれるかもしれない。

迷いはやはり裏目に出た。身体を回転して右足を伸ばした位置は予想よりも低く、相手の右脇腹に当たった。足をとられなかったのは良かったものの男は瞬時に防御したため、結果的にダメージを与えることはほとんど出来なかった。

「ちょっと、痛いんだけど」

防御の仕方が悪かったのか、ゆっくり肘《ひじ》の辺りを押さえた。

ドットの男はバッグの前面を二人に向けたまま、ゆっくりとそれを下ろした。それからドットの男は、カーゴパンツのポケットに手を突っ込んだ。出てきたのはバタフライナイフだった。

「大丈夫だよ、殺さないから。でもさ、さすがに邪魔なんだ」

手首を華麗に回転させると折り畳まれていたナイフの刃がギラリと露《あらわ》になる。その鋭さが巧の闘争本能を蘇《よみがえ》らせた。

さっきのような躊躇《ちゅうちょ》さえなければ大丈夫だ。自分の脚力の鈍りは大体把握した。膝《ひざ》に痛みもない。

信号が点滅する中、二人は中央分離帯の幅三メートルほどの中で睨《にら》み合った。巧の右後ろには亜希子とマネージャーの二人がいる。

ドットの男がゆっくりと近づいてくる。しかしこちらに刃を向けない。なるほど動きを読ませないつもりか。不用意に近づくことはできない。しかしすぐ後ろでは速度を上げた車が行き交う。

信号が変わり、車が勢いよく流れ始める。タイミング良くか悪くか、不愉快な豪雨が二人を襲った。

なんてデスマッチだ。

雨で視界が悪いにもかかわらず、相手の仕掛けた攻撃は俊敏だった。男の鋭い蹴りが外ももに当たる。しかし巧が一瞬下がったので、相手の狙いからは少しずれた。素早くかがむと、左拳《こぶし》が巧の髪の毛を掠《かす》める。間髪をいれずに、巧は左脚で前蹴りを食らわす。バランスが悪いせいでヒットはしなかったが、相手を下がらせる分には成功した。

右手のナイフにばかり気を取られていたが、それは油断させるための罠《わな》のようだ。「殺さないから」という言葉で、よりナイフに注意を引かせていたのだ。

「面倒くさい。次は刺しちゃうからね」

これも牽制《けんせい》か。心理戦も絡むと、闘いは随分と複雑になる。

男はナイフを突き出し、ふらふらと振り回す。挑発している。男はまたしても鋭敏な動きで、今度は後ろ回し蹴り、それを巧が防御すると今度は反対向きに回転して左脚で巧の胸に蹴りを入れた。その脚を掴み、一度相手の胸に蹴りを入れてから脚を捻り上げると、相手は自ら半回転して地面にうつ伏せになり、両足揃えて再び巧の胸に蹴りを入れた。一進一退の攻防を繰り返した後、相手がハイキックを仕掛けた。巧がしゃがむと、男の刃に力が入るのが分かった。刃を外から内へと持ち替え、巧めがけて振りかざす。

巧は横にあったボストンバッグをパッと掴み、刃に向かって構えた。重みを感じると巧は立ち上がって、ボストンバッグを放り投げた。バッグには細い切れ込みが入っている。ナイフはまだ敵の手元にあった。

「商売道具をよくもやってくれたね」

フードの奥から憤慨の表情が見て取れる。次の瞬間、ついにタイミングよく前回し蹴りを放った。

しかし巧の足下は雨水に奪われ、滑って軽くバランスを崩した。

ドット柄が仄《ほの》かに笑ったのが見えた。ナイフを持ち替えながらさっと巧の背後に回り込み、左腕を回して首を強く絞める。そして刃の先端を巧の眼前へと向けた。

「おにいさんの負け。抵抗したらその顔に傷がついちゃうよ。おとなしくこのまま失神してください」

きりきりと首が絞まる。柔道の経験もあるのか、頸動脈《けいどうみゃく》をしっかりと捉《とら》えている。徐々に力が抜けていく。それでも巧はゆっくりと左腕を上げ、ぐっとナイフの刃を摑んだ。じんわりと血が刃を伝い、滴る。

「え？」

首を絞めていた左腕が少し緩む。巧はナイフを離してさっと相手の腕から首を抜き、肘で相手の鳩尾《みぞおち》を殴った。振り返ると、男は腹部を押さえこっちを睨んでいる。いよいよ感情を剝《む》き出しにした男は激しく刃を振り回して巧の方へ向かってきた。

下がるしかなかった。しかし下がれない。通り過ぎる車はクラクションを鳴らしながら巧の数十センチ後ろを行く。タイヤが蹴散らす水飛沫《みずしぶき》が、巧の膝裏を濡《ぬ》らした。

男は勝利を確信したのかにやりと笑みを浮かべ、巧の胸部めがけて刃を突き出した。

ナイフはガードした左腕にぐさりと深くまで突き刺さった。相手がじりじりとナイフを押す。身体中から脂汗が噴き出る。肉の裂ける音が聞こえ、痛みは限界だった。

雨は一層激しさを増す。

直後、まるで横からバケツの水を浴びせられたように、大量の雨が巧の背中を右から左へと叩《たた》き付けていった。対面していたドットの男はその水を顔面からくらい、目を瞑《つむ》りながら咳《せき》をした。

その隙に頭突きをする。痛がった相手が後ろに離れると、巧は勢いよく走って高々と飛び上がった。右足の甲はフードの上から男の顎《あご》を完璧《かんぺき》に捉えた。

地面から金属音が響き渡る。ドットの男はよろよろと下がって、中央分離帯のガードレールにぶつかり倒れた。水飛沫を起こした車道の進行方向を見ると、遠くに巨大なトラックが見えた。なるほど、バケツの正体はあれか。助かった、と呟《つぶや》きながら巧は血が流れ出る腕を手のひらで押さえ、男に近寄った。フードを脱がすと、そこには二十歳前後であろう色白で幼い顔があった。

男は完全に失神していた。再びフードを被《かぶ》せて男のボストンバッグを持つと、「ぎゃああ」と叫び声が聞こえた。振り向くと、先ほどまで亜希子を抱きしめていた小林が腰を抜かしていた。

視線の先を見ると、亜希子が自分の腕にバタフライナイフを突き立てていた。先ほどまで巧の腕に刺さっていたものだ。

亜希子はそのまま立ち上がり、車が行き交う横断歩道を歩き始めた。マネージャーは四つん這《ば》いのまま「アッキー」と追いかけようとするものの、抜けた腰が元通りにならないようだ。

巧には亜希子の姿が、またしてもユウアと重なってしまった。いやになるほど夢で見たあのユウアの幻影としか思えないのだ。

突然、亜希子は道路の真ん中で膝をついて倒れた。

マネージャーがようやく立ち上がり、亜希子に駆け寄って、強引に起こした。

「アッキー、わかったよ、一緒に死のう」

微《かす》かにそう聞こえた。

すぐにクラクションが鳴った。車が勢いよくこっちをめがけて疾走してくる。急ブレーキの音がするが、速度は落ちていない。雨でハイドロプレーニングを起こし、滑っていた。車は二人に向かって猛突進していた。

巧は咄嗟《とっさ》に全速力で走り、二人に体当たりをした。三人はまとまって、歩道脇の葉の生い茂った植え込みに飛びこんだ。車は三人の後ろを通り過ぎて、ストップした。

運転手が罵声《ばせい》を浴びせながら降りてくる。しかし相手は巧の血まみれの腕を見て、面倒を嫌ったのか、また車に戻っていった。

小林は「何すんだよ。俺はアッキーと死ぬんだ！　心中するんだ、それが愛の成就だ」と叫びだし、道路に転がったナイフを摑《つか》んで、「邪魔するならお前から殺してやる」と巧に突進してきた。

巧は横回し蹴りで手首を蹴り飛ばし、回転して後ろ回し蹴りを胸に食らわせた。マネージャーは少し後ろに飛んで、地面に大の字になったまま起きあがらなかった。

さっきの比ではないが、久しぶりに使い過ぎた膝《ひざ》はかなりダメージを負っている。ただでさえ雨の日は足が痛む。

伊藤亜希子は目を瞑ったまま、腕から大量に血を出して——それは巧と同じ箇所だった——倒れていた。

このまま逃げようと思った。このアイドルがどうなろうが俺のしったこっちゃないし、むしろこれ以上面倒に巻き込まれるのはまっぴらごめんだった。警察に電話して、逃げようか。遠くで消防車のサイレンも聞こえる。なんとかなるだろう。

しかしさっきからユウアがちらついて仕方がない。あのときの後悔がまるで頑丈な扉をノックするように、がんがんと鳴り響いている。

巧はしゃがんで、伊藤亜希子の顔を見た。それはユウアではなく、誰もが知っているMORSEの伊藤亜希子だ。分かっている。

転がっているボストンバッグの持ち手に右肩を通し、ゆっくりと伊藤亜希子の腰もとに手を回した。その腕で勢いよく伊藤亜希子を担ぐ。

左腕にはほとんど力が入らない。脚を引きずりながら、自分の車まで歩いていく。

後部座席に伊藤亜希子を乗せ、トランクにあるタオルを裂いて彼女の左腕を縛った。残りの半分で自分の腕を縛りながら運転席に乗ろうとしたとき、雨に目を細めながらホテルの窓を見上げた。尾久田雄一と目が合う。

もの言いたげな表情を浮かべていたが、巧は右手の中指を立て、ドアを強く閉めた。

＊

車内のあらゆるところに血液は飛散していて、すでに乾いた部分は塗装がひび割れた壁のようにぽろぽろと零《こぼ》れている。しかし腕と手のひらからはまだ血が滲《にじ》む。出血多量で死ぬということはないだろうが、意識が朦朧《もうろう》とし始めれば運転は危うい。なにより、伊藤亜希子と一緒にいるのは危険だった。ドットの男だけではなく、他にも多くのゴシップカメラマンが彼女を狙っているはずだ。この状況を撮られたら、自分が彼女に危害を加えたと疑われてもおかしくない。

一刻も早く安全な場所に身を隠すべきだった。しかし自宅で二人きりもまずい。目立たず、なおかつ頭の切れる第三者――できれば女性がいい――がいる場所。

しかしこの状況、まるで何かに似ていないか。『パルプ・フィクション』だ。ジョン・トラボルタが、車内で誤って殺した死体をサミュエル・L・ジャクソンと共に処理するシーン。もちろん後ろにあるのは死体ではないし、隣に短気な殺し屋もいなければ、自分はキリストを信じる黒人でもない。しかしこの手を焼く状況はまさしくそれだ。

映画ではタランティーノ演じるジミーの家へ行く。俺にとってのジミー……。周囲にパトカーがいないことをサイドミラーやバックミラーで確認し、電話をかけた。

時刻は深夜一時過ぎ。片手の運転に注意しながら電話に出てくれるよう祈る。数回の呼び出し音が途切れた。

「もしもし」

眠たげな香緒里の声が聞こえた。

「今から行っていい？」

「ダメに決まってんでしょ、何時だと思ってんの」

「いや、ちょっと急用なんだ」

「無理無理、ってかあんたまた撮ったの？　ペース速くない？」

「いや、違《ちげ》ぇんだよ。助けてくれ」

巧は簡潔に状況を話そうとしたが、自分でも不可解な点が多く、結局まどろっこしい言い方になってしまった。

「はぁ⁉　じゃああんた、今車にアッキー乗せてんの？」

「あぁ」

伊藤亜希子から滴る雨水と血が、後部座席のシートにぼんやりと広がっている。

「確かに、それは助けないといけないわね。明日《あした》は代診にしてもらうから、とりあえずうちに来て」

しばらくして、どうにか香緒里の自宅マンションに着いた。直前に再度連絡しておいたので、香緒里は下まで降りてきていた。案内されるがまま車を来客用スペースに停め、ドアを開けると香緒里は巧に傘をかざした。

後ろのドアを開けると伊藤亜希子がごろんと横たわっている。担ぎだすと、亜希子の長い髪が腕に気持ち悪く絡み付いた。香緒里は「本物じゃん……」と絶句したが、巧は無視して周囲を見回した。誰も追ってきてはいないようだ。普段は追う立場だが、追われる側となると、これほどまで不安と緊張は増幅するものなのか。

「ほんとに二人とも血まみれね」

香緒里にはドットの男から奪ってきたボストンバッグを持ってもらい、どうにか三階の部屋まで辿《たど》り着いた。

廊下は血が直接床につかないようビニールが敷かれていて、玄関にはタオルが山積みになっていた。そこから一枚大きなタオルを選び、伊藤亜希子をその上に載せて持ち上げ、二人で部屋の奥まで運んでいく。

「死体処理みたいでいやね」

「頼んだぞ、ジミー」

刺青台《いれずみ》──マッサージベッドに伊藤亜希子を横たえ、巧もゲスト用の椅子に座った。

香緒里の家に来て好都合なことは他にもあった。ここにはそれなりの医療器具があり、消毒液から痛み止めまで何から何まで揃っている。もちろん縫い針まで。そしてそれらを使いこなせる医者がここにいる。

「とりあえず、アッキーの傷は縫った方がいいのよね?」

「あぁ、俺はあとでいい。なるべく傷が残らないようにしてやってくれ」

「へー優しいのね」

自然に発した言葉だったが、指摘されると途端に恥ずかしくなる。

患者用の衣服を渡され、巧はバスルームでシャワーを浴びた。信じがたいほど傷口が染みる。戻ると伊藤亜希子も着ていた長袖《ながそで》のワンピースを脱がされていて、ほぼ全裸になった身体の上に薄いシーツをかけていた。

「あんまりじろじろみないでよね、この子の裸」

「興味ねぇよ。俺は自分で消毒するから、薬液とガーゼくれ。あと強い酒」

「そんだけ出血してるんだから酒はダメ」

腕に巻いていた血だらけのタオルを解《ほど》き、口に咥《くわ》える。布に消毒液を染み込ませ腕に当てた。猛烈な痛みに歯をくいしばり、タオルを噛《か》む。どれだけ声を殺しても、呻《うめ》き声がタオルの隙間から漏れてしまう。

「戦時中の兵士みたいね」

手のひらにも同じ作業を繰り返し、傷のついた二カ所に大雑把に包帯を巻いた。タバコを吸おうとしたが、自分のはおそらくデニムのポケットの中でびしょ濡れになっているだろうと思い、机に転がっている香緒里のを勝手にもらった。香緒里はまだ傷口を縫っている。

口から煙を吐きながら、巧はドットの男から奪ったボストンバッグを開けた。中身の大半を占めていたのはやはりビデオカメラで、メインが前後に二つ、小さなサブが左右に二つ、小型赤外線暗視カメラは外側にあるポケットに八つも入っていた。これだけ入っていてコンパクトかつ軽量なのは驚きだ。どう考えても素人《しろうと》ではなかった。巧は全ての録画記録を消去した。他に財布と携帯が入っていた。財布には八千円と小銭が少し、カードと免許証がある。名前は「柊　彼方」……「ひいらぎ　かなた」か？　年齢は十九。

携帯にはロックがかかっていて、数回適当に打ったが諦《あきら》めて電源を消した。GPSでここがばれるとまずい。

「結局、あんたを刺したのは誰なの？」

「わかんね。多分同業者だけど初めて見た」

他にもひっかかるところはある。なぜ東淳子はあのホテルに行ったのか。マネージャーと亜希子はどういう関係なのか。どうして亜希子はあんな状態だったのか。そしてなぜ、坂木があの居場所を知っていたのか……。

しかし、これらを解明する必要はあるのか。俺には無関係だ。けれどさすがに引けない。巧は今誘拐犯と疑われてもおかしくはなく、正当防衛ではあるものの二人の男を蹴《け》り飛ばした。状況は結構まずい。

なにより、もし嵌《は》められたのだとしたら許せない。

今夜はもう遅い。明日は仕事場で坂木に会う。そのあとで話そう。

深呼吸するようにタバコを吸うと、どっと疲れが押し寄せた。「ごめん少し寝るわ、縫うとき起こして」と香緒里に言ってから瞼《まぶた》を閉じると、遠く、スクランブル交差点に立つユウアの顔が浮かんだ。ここに来るといつもそうだ。しかし、その日はなぜか夢の続きを見ることはなかった。

翌朝、香緒里の呼ぶ声で起きると巧はなぜかソファーにいた。手には点滴がなされ、左腕の怪我は既に縫合されていた。「点滴、外してくれ」と一声かけると香緒里は手際良く外した。ゆっくりと身体を起こすと、伊藤亜希子と目が合う。昨夜の出来事をなんて説明すればいいか悩ましいところだ、と思いつつ歩いていくと、「やめて！近寄らないで!!」と彼女はけたたましく叫んだ。

一瞬にして空気が一変した。昨日の様子からしても、ヒステリックな精神状態にあるには違いない。相手をこわがらせないように、巧は静かに喋《しゃべ》った。

「誰かと勘違いしてるんじゃないのか」

8

かさぶた

亜希子

デジャブだと思った。目を覚ましたときの見慣れない天井とこの身体のだるさは、一度だけ経験したことがある。身体にかかったシーツを押さえながらゆっくりと身体を起こすと窓からは朝日が差し込んでいて、横には女性が座ったまま寝ている。髪の毛先は赤くて、耳には大きな輪のピアス、袖《そで》からはタトゥーがはみ出ていた。なのに白衣を着ていて、その異様な風貌《ふうぼう》はまるでホラー映画の狂人ドクターといった印象だった。

ここはどこ。誰。私は誘拐でもされたのだろうか。私は今から人体実験の被験者にされるのだろうか。

昨夜《ゆうべ》の記憶はホテルを出てからない。ずきんと左腕が痛むのでシーツを捲《めく》ると、縫合された跡があった。

亜希子が動いた物音で女性の首がガクンと揺れた。眩《まぶ》しそうに目を開けると女性はなぜか安堵《あんど》の様子で、「巧!!　アッキー起きたよ!!」と叫んだ。

少し脅えた表情を浮かべると、女性は「アタシは照岡《てるおか》香緒里。香緒里さんとか何でも好きに呼んで」と真っ赤な唇を動かし言った。それがまた怖かった。伝わったのか、「なんにもしないから。むしろアタシたちはアンタの味方」と付け足した。

「点滴、外してくれ」と奥から声が聞こえ、香緒里と名乗った女性はそっちへ行った。

「あの」

今日最初の声が上手《うま》く出せずに戸惑った。咳《せき》をしてからもう一度「あの、ここ……どこですか」と質問すると、「アタシの家よ」と香緒里は返した。家というよりは手術室のようで、やっぱりピンとこなかった。

水を持って香緒里は戻ってきた。「ここはタトゥーショップでもあるの」とか「でも本当はアタシ、医者なのよ」とか色々と話されたけれど、やっぱりよく分からなかった。ただ最後に「変でしょ、ごめんね」と可愛らしく笑ったのを見て、気分は徐々に慣れ始め、落ち着いてきた。

しかし、患者用の衣服を着た奥の男と目が合った時、背筋は一気に凍りついた。

またしてもパニックに陥り、顔がどんどん青ざめていく。膝《ひざ》を抱え込んで「やめて！　近寄らないで!!」と金切り声を上げた。

包帯を腕に巻いたその男は、謎めいた顔つきで近づく脚を止めた。

「誰かと勘違いしてるんじゃないのか」

勘違いなんかじゃない。私はこの人を覚えている。

「私、あなたのこと知ってます」

「どこかでお会いしましたか？」

口調が急に紳士的になるので余計に身体が強《こわ》ばる。

「前にうちの前にいましたよね」

見たことのある男だった。クリーニング屋のあの顔……雄一さんと会って帰った朝、部屋の窓から目が合ったあの男。

この人が私じゃない「私」だとすればつじつまが合う。

「今家でダンス練習中！　窓って鏡になるんだね！」というツイートがはっきりと思い出された。

ツイッターの犯人。ストーカー。

あの時体験した恐怖が鮮烈に蘇《よみがえ》る。発した声は震えていた。

「私のこと外から覗《のぞ》いてましたよね」

相手は腑《ふ》に落ちないような、怪訝《けげん》な表情で亜希子を見つめている。

「勝手に私になりすまして、ツイッターやってましたよね」

二人は顔を見合わせ、失笑を混ぜた声で話した。

「香緒里、どういうことだこれ」

「わかんないわよ」

二人のリアクションは亜希子が想像していたどれにも当てはまらなくて、亜希子はまた緊張した。

「この人はね、アンタを助けてくれたのよ。道路に倒れてたアンタをね」

亜希子の鼓動の速さとは対照的に、女性は穏やかに会話をする。

巧、というらしいその男は「ツイッターの私」じゃないのだろうか。

不思議とこの人たちが嘘をついているようには思えなかった。そもそも今の自分に冷静な判断ができないのも承知していた。

だとすれば巧という人は、本当に私を救ってくれたのだろうか。

「服、アタシの貸してあげるから着なさい。巧は外でタバコでも吸ってきて。ついでに牛乳とパン、ヨーグルトとかなんでもいいから買ってきて」

男は着替えて出て行こうとする。

「待ってください」

亜希子は唐突に巧を引き止めた。

「あなたは何なんですか」

「パパラッチ」

玄関のドアの閉まる音が聞こえた。

「そうなんですか？」

「まぁそうね」

だから私を追いかけ回してたのか。

亜希子は点滴を外してもらい、戸惑いながらも下着と服を着た。サイズはぴったりだったけれど、普段あまり着ないロックなスタイルで少し窮屈さを感じる。

香緒里は椅子に座った亜希子の向かい側にしゃがみこんで、じっと見つめた。視線があまりにも真っすぐで力強いので、亜希子の瞳《ひとみ》は細かく泳いだ。

「昨日のこと、覚えてる？」

亜希子は首を横に振った。

「そっか。アタシはここに運ばれてきたアンタを治療しただけだから詳しいことは知らないの。気になるならさっきの男に聞いてみな。柄は悪いけど、中身はいいヤツだからさ」

運ばれてきた？

雄一と東淳子がホテルの部屋に来たのは、思い出したくないけど覚えている。でもその後は少しも記憶がない。

「アンタ、どうして自分の腕にナイフなんか突き刺したの？　それも二度も」

私、またやっちゃったんだ。

「人に切られたのか自分で切ったのかくらい、アタシにも分かるのよ」

亜希子は黙った。言いたくない訳じゃない。ただ上手く言えそうになかった。左腕のアザに対する異常なコンプレックス、ジャックオランタンを持った首のない人影の幻覚、雄一との不倫、MORSEでの矜持《きょうじ》と諦観《ていかん》。やっぱりまだ自分でも整理がついていない。

「言いたくないならいい。ここにタトゥーを彫りにくる人のほぼ全員が言えないような悩みを持ってる。皆プライドが高いから、誰にも頼らず自分で自分を戒めたりしなきゃならない。だから彫ったりするのね。自傷行為にも似てるとこあるじゃない？　もし違ったらごめんね」

「いえ、そんなことありません」

「アタシも、あの巧も、身体中タトゥーだらけ。だから構えずになんでも言いな。アンタの気持ち全てを理解はできないかもだけど、聞いてあげるくらいならね」

まだ彼女を信頼しているわけじゃない。けれど、そう言われるだけで肩の荷がどことなく下りたのが正直な思いだった。

「今日は仕事？」

「ただいま」

ばたばたと足音をさせて戻ってきた巧は、テーブルに買ってきたパンや飲み物の入った袋を置いた。

「もういいんです」

亜希子がぼそっと言うと、巧は二人を見た。

「もう、仕事はいいんです」

「辞《や》めるの？」

亜希子は俯《うつむ》いたまま、遠くを見つめた。

「いいの？　勝手にそんなことして。連絡くらいしたら」

「いいんです」

香緒里は何を言うべきか悩んでいるようだった。

「いいんじゃねーの。それで」

ソファーに腰を下ろした巧がタバコのフィルムを外しながら言った。

「世界の中心は自分じゃない。自分なんかいなくたって世界は平気な顔して回り続ける。だったら置いてかれてもいい。俺はそう思う」

新鮮だった。誰もが私の人生を「ＭＯＲＳＥのメンバーになれた幸福な人生」と決めつけていた。もちろんそうなのかもしれない。どんな悩みも全て幸福な悩みなのかもしれない。けれど目の前にいる人達は違った。人というのはそれほどまで合理的で単純ではないことを知っている人のように思えた。

「自分勝手に生きたこととかないんだろ。今しかできないやりたいこと好きにやって、それからでも戻れる場所があるんなら、また戻ればいい」

三人はテーブルの周りに座った。ビニールを逆さまにして中身を出し、巧はやきそばパン、香緒里はチョコパンで亜希子はメロンパンを選んだ。

その後に昨晩の話をした。雄一との関係について話して、そこになぜか奥さんが来たこと、別れを告げられそうになったので暴れたら部屋に火が点《つ》いてしまったこと、道路に飛び出てそれからは記憶がないことまでも話した。素直に話せたのは相手に対する信頼ではなく、デトックスするように自分の中の毒素を全て抜いてしまいたいような気分だったからだ。

すると巧も、二人のスクープを張っていたこと、昨晩は雄一の自宅前にいたところ淳子が出てきたので追いかけたこと、友人から電話がかかってきたこと、三人の修羅場を外から目撃したこと、すると亜希子がホテルから出てきて小林マネージャーと抱き合ったこと、男に殴られたことなど、ここに連れてくるまでの経緯を洗いざらい話してくれた。

「なんだか不可思議なことばかりね」

「そういや、さっきのツイッターってなんなんだ」

「誰かが私のふりして伊藤亜希子ってアカウントを作ってツイートしてるんです。それがあまりにも私の生活とリンクしてて」

「今の話聞いてると、それは間違いなく小林とかいう尾久田雄一のマネージャーね」

「だろうな」

「でも結婚してるし、真面目な方でそんなことをするような人には」

「ここにいる全員が、『そんなことするような人には』って奴だろう」

その通りだった。ゴシップカメラマン、医者兼彫師、不倫アイドル。見た目通りに生きている人なんていないのかもしれない。

「ドットの男は知ってるか？　名前はえっと……何だっけな……」

巧は思い出せず、手を伸ばしてボストンバッグから財布を取り出し、免許証を抜いた。

「柊《ひいらぎ》彼方《かなた》。この顔」

「いえ、知りません」

おもむろに香緒里がテレビをつけた。

──昨晩、東京プリンスパークホテルで火災が発生しました。俳優の尾久田雄一さんと妻で女優の東淳子さんが宿泊していた部屋から出火した模様です。東淳子さんは軽傷を負ったようですが、詳しいことはまだ分かっていません。出火原因はタバコとみられ、二人は書類送検される見込みです──


「血は雨で流れたみたいだな」

画面に映るホテルは昨日と同じ外観で、前の道路には何も残っていなかった。

「それにしても、なんで伊藤亜希子がいた報道はないんだ？」

「部屋も小林マネージャー名義で借りてましたから、痕跡《こんせき》を消すのは簡単なんだと思います」

「なるほど」

巧は呆《あき》れたように目を細めて、腕の時計をちらりと見た。

「俺はこれからアシスタントの仕事行くけど、お前はどうする。ここに残るか？」

正直どこにも行く場所なんかないし、行きたいところもない。

「ここにいなさい。自分の居場所が分かるまでね」

香緒里の顔を見た。自分の全てを見透かしているような視線は、意外にも亜希子にとって心地のいいものだった。

「じゃあ、香緒里、あとはよろしく。夜はこっちくると思う。また連絡するわ」

巧はまたしても出ていった。

「すいません」

「いいの、その調子じゃあ一人にしておけないし」

——続いては芸能コーナーです。先日MORSEを脱退したミズミンこと水見由香さんが映画の主演に抜擢《ばってき》されました——

亜希子はじっとテレビを見た。華やかなフラッシュを向けられているミズミンは心底嬉《うれ》しそうで、でも亜希子にとっては見慣れた顔だった。不思議と嫉妬《しっと》や羨望《せんぼう》は感じなかった。自分の中から既にアイドルというものが欠落しているのかもしれない。まるで気付かないうちに取れていたかさぶたのように。

気を遣ってか香緒里はテレビを消した。それでも亜希子はそのまま真っ暗になった画面を見続け、そっとコーヒーに口を付けた。

9

巧と亜希子　ことの次第

巧は「出張マッサージサービス　オアシス」のマグネットシートを剥《は》がして車に乗り込んだ。外装の血は雨で流されていたが、ハンドルはまだ血でべとついていて気持ち悪い。自宅に戻り、シャワーを浴びて着替え、身支度をして家を出ようとしたとき、カメラを壊されたことを思い出してリビングに戻った。別段必要はないが念のためコレクションケースに並んだカメラの中から一つ選ぼうとした。しかしどれもこれも長い間使っていなかったものばかりで、埃《ほこり》を被《かぶ》っている。思えばあのデジカメ一つでこと足りていた、というよりも、それ以外不必要だった。パパラッチとしてはあのカメラだけで十分だった。

どれほど懐かしいカメラでも、それを見ると痛みはまだあのときと同じように蘇《よみがえ》る。

決して時間は癒してくれなかった。そのはずなのになぜか、ふと「アームストロング」に目を奪われた。昨晩ユウアの幻覚を見たからだろうか。どうしても触りたくなった。あの重み、左右反対のファインダー、バサッという大げさなシャッター音。久しぶりに感じてみたかった。

使うことはない。使ってはいけない。ただ守り札のようなものとして、今日だけ持ち歩いてみようと思った。自分らしくないのは分かっている。でもどうしてもそういう気分に巧はなってしまった。

自宅を出てから三十分ほどの場所にあるスタジオに向かう途中、車のラジオをかけると聞こえてきたのはオザケンの「いちょう並木のセレナーデ」だった。なんで最近は渋谷系ばかり流れてるんだ。もう十年以上も前なのに。

予定通りの時間にスタジオに着いた。遅れてきた坂木に巧は「おはようございます」と、いつもと変わりない挨拶《あいさつ》をした。とりあえずこの現場ではカメラマンとアシスタントの関係を貫いて仕事をこなす。坂木はもの言いたげな顔をしていたが、数人のグラビアアイドルがスタジオにくると、プロカメラマンとしての表情に切り替え、テキパキと仕事をやっつける。まるで役者みたいだ。こういうカメラの技術とは関係のない部分が、カメラマンには必要だったりする。撮影を終えてスタッフを見送り、坂木と二人きりになったところで「ちょっと話があるから近くで会おう」と約束した。

近くのファミレスで待ち合わせすることになり、それぞれ車に乗った。

ファミレスには客は数組しかいなくてテーブルはほぼ空いていたが、二人は一番奥のテーブルについた。店員は煩わしそうな表情で水を運び、注文を求めた。二人はそれぞれアイスティーを頼んだ。

またしても『パルプ・フィクション』みたいだ。となるとコイツがジョン・トラボルタってことになるのか。

くだらない発想を振り切り、巧はそっと口を開いた。

「坂木、お前なんであそこに尾久田と伊藤亜希子がいること知ってたんだ」

坂木は黙ったままテーブルの角を眺めている。

巧は咎《とが》めるように、坂木を真っすぐ見た。

「いや、ちょっといいづらい話も嚙《か》んでてさー」

巧は前のめりになって左腕のシャツを捲《まく》り、巻かれた包帯を見せた。そして左手を返し、真一文字に裂けた手のひらも見せた。

「どうしたんだ、それ」

こうなったのは坂木の差し金かもしれない、と思っていたが驚いた表情は作り物には見えなかった。もし全ての犯人がこいつなら、演技力がある方だとはいえ、わざとらしさをここまで拭《ぬぐ》えないはずだ。

「散々な目にあったんだ、今回の案件で」

「ご注文お待たせしました」

店員はアイスティーを二つテーブルに置いて、筒の中に伝票を入れた。去っていくのを確認してから巧がぐっと睨《にら》むと、坂木は目線を小刻みに震わせ、それから観念した様子で声を潜めながら話し始めた。

「わかった、俺が知ってることは話す。っていってもそんなにないんだけど。俺今人妻と付き合ってるんだ」

そういえばこないだ飲んだとき、小日向がチラっとそんなことを言ってたような。

巧は目元を歪《ゆが》めた。

「不倫のことは糾弾するなよ」

男やもめの巧が異常なまでに不倫という行為を憎んでいるのを坂木は知っている。

「その人妻ってのが、尾久田のマネージャー、小林の嫁だったんだよ」

思わぬところで繋《つな》がった。

「俺との関係が始まったのはちょうど一年くらい前。その頃は既婚者なんて知らなかったんだけどー、まぁハマっちまったんだよ。俺も相手もな。それで、最近になって旦那《だんな》がいるってことを告げられてさ。旦那と別れようと思うって言われたんだ。でもほら、不倫して離婚となると慰謝料も半端じゃないし、俺の仕事も減りかねないからってさすがに止めたわけ。そしたら『大丈夫、夫も浮気《うわき》してるから』って。『だから探偵雇って証拠写真摑《つか》んでやるの』って彼女が言うもんだから、それならまぁって俺も同意したのさ」

コイツはここまで馬鹿だったかと、ほとほと呆《あき》れながらも巧は静かに聞いていた。

坂木は一口アイスティーを飲み、テーブルに出していたタバコの箱から一本抜いた。

「ただ探偵って言っても誰に頼んだらいいか分かんねーし、さすがにお前にこの件は依頼できないしで、だから小日向に相談したんだよ。そしたらいいのがいるって探偵紹介してもらってさ。直接会わなくても、依頼のメールとデータのやりとりだけで頼んだ仕事やってくれる、怪しい奴だけど腕は確かだって。まぁ値はかなり張ったよ。それで頼んだんだけど」

「浮気してなかったわけだ」

「あぁ」

「で、なんで雄一と伊藤亜希子の不倫が発覚したんだ」

「もともとどうやって浮気の証拠を握ったと思う？」

坂木はどことなくこの会話を楽しんでいるように思えた。

「彼女は不倫してる側なんだぜ。夫の目を掻《か》い潜ってばれないように俺らは逢《あ》い引きしてるんだ。疑われる前に疑えって話さ」

「GPSか」

「ピンポン。彼女からすれば常に旦那の位置を知る必要がある。しかもちょうどいいことにタレントのマネージャーときた。マネージャーってのは常に車で行動するから、車の裏側にいつもGPS仕掛けてるんだ。それで帰りが遅い日はいつもホテルの近くに停まってるってことで、浮気していると疑ったらしい」

「それだけでか」

「それだけじゃない。まぁよくある話で、旦那の携帯を見たらしい。そしたらメールボックスに『アッキー』ってフォルダがあったんだってさ。中身は『会えます』とか『今から出ます』とか、しかも全部保護されてたらしい。送信メールは消してるくせに。それで浮気を確信したらしいよ。でも違うとなれば……」

「尾久田か」

「それしかない。『アッキー』といえばまっさきに浮かぶのは伊藤亜希子だろ。しかも尾久田と伊藤亜希子はドラマで共演してる。不倫の可能性はゼロじゃない。それで前に飲んだあの日、お前に連絡したんだ」

どことなく嬉《うれ》しそうに話す坂木に巧は心底失望した。

「そんな不確かな情報で俺に話振ったのか」

「でも事実だったろ。彼女の推理はなかなかのもんだ」

苛立《いらだ》ちを抑えつつ、坂木の目を見て話した。

「じゃあなんで昨日、あの二人がホテルで会うって分かった」

「昨日の夜、二人の不倫が発覚してから初めて、『今日は旦那帰ってこなそうだから会おう』って連絡がきて。だから俺はそれとなく旦那の居場所を聞いたんだ。GPSで今日も旦那の位置を把握しているに違いないし、俺はずっとお前に二人の不倫のネタを渡したかったからな。それですぐに東京プリンスパークホテルにいるって電話をしたんだ」

それでこっちが大変なときにお前は女とよろしくやってたってのか。

「頭おかしいんじゃねーのかお前。女に振り回されて」

「いや、すげーいい女なんだよ、エロくて頭よくてさ。巧だってもし一度でも会ったらユウアのことなんかすぐ忘れちまうくらい」

巧が立ち上がると調子よく喋《しゃべ》っていた坂木はうろたえて、「何があったか分かんないけど、悪かっ——」と言いかけたがその頃には既に伝票を抜き取っていた。

「二度と俺に仕事を振らないでくれ。昼のも夜のも」

振り返ることもなくレジに向かう後ろで「今まで誰のおかげで飯食えたと思ってんだ、お前の面倒を見てきたのは俺だろ」と坂木は叫んでいたが、千円と伝票をレジにおいてそのまま出た。

＊

車の灰皿はパンパンで、ただそれでも巧の怒りは収まらなかった。感情的になってしまったせいで、情報が整理できない。

首都高から降りてハッとした。そこは伊藤亜希子宅へ向かうときに使っていた出口だった。最近よく通っていたとはいえ、冷静さを欠いている。

ぐるっと回って高速にまた乗るのは気のりがしない。仕方なく下道を使って香緒里の自宅まで向かった。途中、伊藤亜希子のマンションを通ってみたのは、マスコミ関係者やスタッフがいるかどうか気になったからだった。きっと捜しているに違いない。

マンションの前にはやはり、エルグランドが三台並んでいた。数人はエントランスを見張っていて、一人は歩道で電話していた。巧は少し窓を開け、車の速度を落としながらその男の横を通過した。

「ＭＯＲＳＥの事務所もどこにいるかわかってないらしい。大事になるぞ」

微《かす》かにそう聞こえた。

おそらく尾久田側の人間だ。考えてみれば捜しているのはＭＯＲＳＥ側の事務所なわけがなかった。もし伊藤亜希子自らが不倫のことをマスコミに発表するとなると、損害は相当な額になる。どうしても押さえ込んでおきたいのは当然だった。

そういえば坂木に小林の居所を聞くのを忘れた。あのあと、一体どうなったのか。あいつも危険因子のひとつだ。そして「柊　彼方」。

太陽は沈んでいるが空はまだかろうじて明るいといった時刻、ようやく香緒里のマンションに着いた。昨晩と同じ来客用スペースに車を停めて降りると、なんだか嫌な予感がした。

「たーくーみーさん」

マンションの階段に膝《ひざ》を立てて座っている男が巧を呼んだ。

「柊か」

「ここって巧さんち？」

既に名前まで調べたのか。

「どうしてここが分かった」

「GPSって建物の住所は特定できるんだけど、さすがに何号室かまでは分からないんだよね」

「携帯の電源は消したはずだが」

「カバンの底、見た？」

携帯以外にもあったのか。

「どいつもこいつもGPSってうるせぇな」とつい独り言が漏れた。

「ねぇ、あのカバン返してもらっていい？　あれないと仕事できなくてさ」

「返してやるけど、その前に話がある」

「なに？」

「ここはまずい。少し先にバーがあるから、そこで話そう」

「別に今日は襲ったりしないよ？」と柊は言うが、そんな保証はない。昨日はどうにかなったが、負傷している今、絶対に勝てるとは言い切れなかった。他人の目があれば無茶をしかけてくることはないだろう。

巧が遠くからやってくるライトに向かって手を挙げると「えぇ、タクシーに乗るの？」とごねるように言った。

「サン=ラザール駅裏」の扉を開くといつものドアベルが鳴り、多一郎と目が合った。カウンターにいる三人の客が一度振り向いたが、すぐに向き直って話の続きを喋り始めた。他に客はいない。

巧は軽く会釈をしてから指で奥のテーブルを指差した。多一郎も小さく頷《うなず》き、二人はそこに座った。

「なんだかしゃれた店だね」

「何か飲むか」

「ビール」

「未成年だろ」

「人の財布勝手に見ないでよね。冗談だよ、メロンソーダ」

そのメニューがあるのか分からないが、巧は自分のハーパーソーダとメロンソーダを頼んだ。多一郎は「わかりました」以外何も言わなかったので、どうやらメロンソーダはあるらしかった。

「怪我してるのに酒飲んでいいのー？」

「お前は一体何者だ」

「なんか警察の取り調べみたいだね」

まるで高校生同士の会話のように、柊は親しげに戯《おど》けて喋る。

「はぐらかすな」

しばらく黙ってから、今度は大人っぽく投げ捨てるように言った。

「巧と同じようなもんだよ」

「パパラッチか」

「んー、まぁそんなところ」

今度はいたずらっぽく無邪気な声で言う。

多一郎が置いたメロンソーダにはこんもりとバニラアイスが載っていた。無数の泡が微かに青を立てている。

「いつも思うんだけど、メロンソーダってなんかカナブンみたいな色だよね。ねぇ、そう思わない？」

柊はスプーンいっぱいにバニラアイスを掬《すく》い、大きな口を開けて食べた。そしてまるで小学生のように満面の笑みを浮かべた。

柊の態度は飄々《ひょうひょう》としてて、摑《つか》みどころがない。今までに会ったことのないタイプだった。気を付けないと相手のペースに巻き込まれてしまいそうだ。

「怪我で引退なんてテコンドー界は惜しい人をなくしたね」

巧の情報はかなり知られているようだ。

「探偵だろ」

坂木に話を聞いたときから目星はついていた。伊藤亜希子と尾久田の不倫関係は徹底して隠されていた。当事者以外に知っているのは巧、小林とその嫁、坂木、そして二人が雇った謎の探偵だけなのだ。

「ここからは腹割って話そうか」

「お腹空いたんだけど、なんか食べてもいい？」

巧は鼻からため息をついて、「ハヤシライスが絶品だ」と言った。「じゃあそれ」と柊は答えたので、ハヤシライスと自分のつまみにローストビーフを注文した。

「そうだよ」

　柊は無表情でそう言った。

「坂木さんから聞いたんでしょ。そうそう。探偵。でもこれは美味《おい》しいネタだったからね、パパラッチの仕事に切り替えたの。小日向さんに売れば結構な金になると思ってね」

　つまり小日向は、柊がこの件を狙っているのを知ってて俺に尾久田のスケジュール等を渡していた、ということか？

　柊が半分ほどになったバニラアイスを崩して掻《か》き混ぜると、炭酸の気泡で表面がメレンゲのように膨らんだ。

「今度はカエルみたいな色になった」

　巧は無視して火の点《つ》いたタバコを人差し指と中指で挟み、小指と親指でハーパーソーダを持って飲んだ。柊は左手を使うのを避ける巧を見て、「昨日、ごめんね」と言った。

「でもおいらの仕事奪おうとした巧が悪いんだからね、結局全部パァになっちゃったし」

「東淳子を呼び出したのもお前か」

「おいらもそれが謎だったわけ。あのあとさ、目が覚めたら巧が車にアッキー乗っけるところで道路には小林が倒れてたの。何があったのかわかんないからとりあえずそいつ起こして話聞こうと思ったんだけど、完全にノックダウンでさ。とりあえず小林のポケット探って、財布と携帯抜いて、車に戻ったんだ」

「あぁ」

「それが衝撃でさ。財布の中にはアッキーの写真がいっぱい。携帯のロックをパソコンで解除したらアッキーとのメールとか保護してて。それ全部尾久田のためのやりとりなのに。自分と付き合ってると勘違いしてるっぽくて、もうなんか完全に頭いっちゃってるわけ。さらにはよ、アッキーに成り済ましてツイッターやってんの。どん引きだよマジで」

やっぱり。

「であの日、アッキーから来た誘いのメールをアドレス変えて東淳子に送ってたの。ホテルの住所つきで。別れさせようと思ったんだろーね、それで自分が守ろう的な、ヒーローきどりさ。きもいね」

泣きながら抱きついたのもそういうことか。

「それでもネタにはなるから売り付けようと思ったのになー、もったいないことしたよ。どうせデータ全部消したんでしょ」

小林の気持ちも分からなくはなかった。妻の浮気にはおそらく気づいていただろうし、人気俳優のプライベートまでマネージメントして、そんな中でいくら仲介役だとはいえ、優しいメールのやりとりをし合う相手がアッキーとなれば、おかしくなってしまうのも仕方ないのかもしれない。

彼のしたことはただのエゴで、結果的に亜希子の内も外も傷付け、思惑通りにはいかなかった。人としても間違っている。とはいえ、巧はそれが完全に悪だとも思えなかった。

「小林はそのあとどうなった？」

「さぁ。おいらが車に戻ってすぐに消防車やらパトカーやら、他にも黒塗りの車が何台か来てさ。そこから出てきたなんか怪しげな人に運ばれてったよ。今頃東京湾にでも沈んでんじゃない？」

巧の身体が瞬時に緊張した。

「わかんないけど」

柊は運ばれてきたハヤシライスをむさぼるように頬張り、巧はローストビーフをナイフで細かく切って食べた。カウンターの客が政治について熱く語り合う声が聞こえる。

巧は香緒里に電話をかけた。「『サン＝ラザール駅裏』にボストンバッグを持ってきてくれ」と告げ、もう一度ハーパーソーダを頼んだ。香緒里はこの場所を知っている。

あっという間に柊はハヤシライスを平らげた。

「おいらは強《つえ》ぇ男が好きだから、巧も好きだよ。久しぶりにあんな闘いしたから興奮した」

そういってポケットから三色ボールペンを取り出し、紙ナプキンに電話番号を書いて巧に渡した。

「だからなんかあったら電話して」

柊は耳の裏をぽりぽりと掻いた。直後、ドアベルが鳴る。

「いらっしゃい」

香緒里と目が合った多一郎はカウンターの客と交ざって会話をしていて、黙って居場所を伝えようと顎《あご》を巧の方へと上げた。

巧は眉間《みけん》に皺《しわ》を寄せ、柊はまるで新種の生物でも見つめるような表情をしていた。

香緒里の隣にはキャップを目深にかぶりマスクをした亜希子がいた。テーブルに近寄り香緒里は「はい」と巧にボストンバッグを差し出したが、そのまま柊が受け取って中身を見回した。香緒里は柊を観察するように凝視し、「免許証の写真より可愛い顔してるね、柊くん」と白い歯を零《こぼ》した。

「ありがとうございます」

今度は随分と好青年を装っている。巧は小声で「なんで亜……いんだよ」と小声で言った。

「少しくらい外にでないとねー、一日家にいたんじゃ気が滅入《めい》っちゃうわよ。ここなら安全でしょ」

香緒里は悪びれる様子もなく柊の隣に、そして亜希子は巧の横に座った。

「いくらなんでも無防備すぎるだろ」

「だからマスクと帽子してるんじゃない。ねぇ？」

「はい」

亜希子は少しだけ申し訳なさそうに巧を見る。

「柊、見なかったことにしてくれ」

「いいよ、ここごちそうしてくれるなら」

「あぁ」

柊は財布から免許証を取りだし、テーブルに置いてあった巧のライターで火を点けた。

三人が驚くなか、「これ偽物だから。気にしないで」と屈託のない笑顔でそう言い、「だからもう柊じゃないよ」と付け加えた。

目を丸くする三人をよそに、柊――少年は立ち上がり、店から出て行こうとした。

扉を開け、出る寸前に振り向いてから「巧、ちなみにおいら未成年じゃないからね」

と言ってウィンクをした。

香緒里はビール、亜希子はカルアミルクを頼んだ。

香緒里が亜希子に「飲み過ぎないでね」と注意すると「はい、少しだけにします」と静かに言った。

亜希子は昨日よりも随分穏やかだった。きっと香緒里の手腕だ。巧も同じような経験をしたことがあるので納得できた。

カウンターの客は皆帰り、巧達は彼らがいた席に移動した。巧はこの席が一番くつろぐ。多一郎は入り口に立てかけてある看板をひっくり返し「ｃｌｏｓｅｄ」と書かれた面を表にした。

巧は二人に今日のことを全て話した。

「なんだか複雑ね」

「やっぱり小林マネージャーだったんですね」

「だから君のスケジュールも大体把握していたわけだ。自宅も知ってる」

初めは神妙な顔つきで話を聞いていたが、だんだんと亜希子の表情は軽やかになっていった。酒のせいもあってか、もうどうでもいいといった様子だった。改めて見ると顔色もいくぶん良くなっていた。

「ちょっと待って巧、ってことはあんたパパラッチの仕事やめたの？」

香緒里のグラスには赤ワインが注がれている。五杯目だった。

巧は気まずそうに多一郎の方を一瞥《いちべつ》し、「あぁ」と小さく言った。

「カメラマンのアシスタントも？」

「無職だよ」

「これからどうすんのよ!?」

どうして香緒里がそんな心配をしてるのか不思議だった。

「俺も好きに生きるよ」

「なによそれ、うちにツケだってあるのに」

「なんとかなるだろ」

「ツケってなんですか」

またしても巧はぎくりとした。多一郎の前で刺青《いれずみ》やパパラッチのことを平然と話す香緒里を黙らせたいのだが、香緒里は少し酔い始めていて口数が多くなっていた。多一郎は聞いているのかいないのか、カウンター越しでグラスを拭《ふ》いている。

「自宅の前にたくさん人がいたぞ」

巧は話題を逸《そ》らした。

「そうですか。そうですよね」

亜希子はどことなく嬉《うれ》しそうで、ブラックオリーブのような黒目が艶《つや》やかに潤んでいた。まるで混乱を弄《もてあそ》んでいるかのように、涼しげだった。

「飾られている写真、どれも凄《すご》く素敵です。夜のステンドグラスみたい」

亜希子はワイングラスを拭く多一郎に話しかけた。多一郎は巧を軽く一瞥し、「全部巧君の写真ですよ」と言った。

「アタシはあんたの写真が好きだぁよ」

香緒里は酒が弱い割にペースが速く、既にだいぶ呂律《ろれつ》が回らなくなっていた。

多一郎は「だろう」といった風な顔を浮かべつつ、黙々とグラスを拭いている。

亜希子は椅子から降りて、写真で埋め尽くされた壁の前に立った。ひとつひとつじっくりと眺めている。

「このモデルさん、キレイ」

「そらぁーキレイだよ、ユウアは。なぁ巧」

「そうだな」

「アッキーもキレイだけどなぁ」

「私にはこういう表情できません」

「なんでだよぉ」

「こういう表情って、作ってもできないんです。人間とは思えないぐらいキレイなんだけど機械っぽくない、生きてるって表情。ちゃんと生きてないとこんな魅力はでません」

全員がぴたりと黙る。巧がハーパーソーダを一口啜《すす》ると、カラカラと氷の音だけが室内に響いた。気を遣われているような空気が面倒で、巧は小さい声で「ちゃんと生きてたよ、アイツは」と言った。

亜希子はぱっと振り返った。しかし、何も言わなかった。巧と香緒里と多一郎の空気感である程度のことを悟ったようだった。

ばさっという音とともに香緒里は突然カウンターに突っ伏した。

「相変わらずの飲み方だね、香緒里ちゃん」

多一郎は屈みながら覗《のぞ》き込むようにそう言った。

「そろそろ学習してほしいです」

「十年もこうなんだからもう変わらないね。でも、だから僕は安心するけどね」

香緒里と初めて会ったのもここだった。巧が専門学校に通いながらこの「サン＝ラザール駅裏」でバイトしていた頃、二十歳になったばかりの夏の夜に香緒里は突然一人でここに現れた。女性が一人で来店するのも珍しいが、何よりもワイルドな外見に圧倒されたのを覚えている。どすんとカウンター席に座って勢いよく酒をかっくらい、一時間もしないうちに、今と同じように突っ伏して寝てしまった。閉店時間を過ぎても起きず、あの夜はユウアと一緒にこの店で彼女が起きるのを待った。目が覚めると何事もなかったかのように支払いをして帰ったが、またその日の晩に彼女はきて、また同じように寝て帰った。巧とユウアは毎晩のようにそれに付き合った。そうして香緒里は常連になり、親しくなっていった。

のちのち分かったのだが、当時香緒里は一人暮らしを始めたばかりで、寂しくて一人で寝られなかった、という理由からここで飲んでいたらしい。男らしいファッションと女性らしい弱さ、そして意外にも医大生というあまりにも興味深い人間性に二人は惹《ひ》かれた。

「懐かしいな。香緒里ちゃんとユウアと巧君の三人がそこで飲んでいた頃が」

「香緒里さんって本当、面白い人ですよね」

亜希子が言った。

「破天荒だけど繊細っていうか、母性も父性もある感じ」

巧はハーパーソーダのなくなったグラスをカラカラと鳴らしながら、「スコッチください ロック、ダブルで」と言った。

「もう写真撮らないんですか？」

亜希子は腫《は》れ物《もの》に触るように巧に尋ねた。

「撮らない」

「そうですか」

巧は亜希子の顔をまじまじと見た。もしここにシャッターがあれば血迷って押してしまうかもしれないほどナチュラルだった。

「『過去のない男』、好きなのか？」

この若さでアキ・カウリスマキが好きな女性も珍しいと思っていた巧は率直な質問をぶつけた。

「それは素晴らしい、若いのに珍しいですね」

多一郎は亜希子にだけは敬語だった。

「尾久田さんの影響です」

「やっぱり」

「でも尾久田さんは『8½』の方が好きみたいですけど。自分のことをグイドと呼ばせていましたから」

巧と多一郎はどっと笑った。

「酷《ひど》いセンスだ」

巧と多一郎ははっきりと馬鹿にし、腹を抱えた。涙目になる二人の横で亜希子はキョトンとしていて、どうしてここまで嘲笑《ちようしよう》されているのか分からないようだった。けれど途中から亜希子も釣られて笑い始めた。愛した人が馬鹿にされて、本来なら怒るのが当然なのにどうして彼女は笑っているんだ、と巧は不思議に思った。ただその吹っ切れたような表情の亜希子は快活で、気持ちがよかった。

彼女はこの一日で随分と前へ進んだようだった。

「私のことはマキって呼んでました。名前が亜希子だから、アキ・カウリスマキの『マキ』をとって」

「それは意外といいかもしんねーな」

多一郎はおもむろにレコードをかけた。

「誰の曲ですか？」

流れてきたのはピチカート・ファイヴだった。

「今は聴きたくないですよ」

「マキっていったら僕らにはアキ・カウリスマキより野宮真貴だろう」

「私大好きです、ピチカート・ファイヴ」

「知ってるんですか。ピチカート・ファイヴの全盛期はまだ三歳とかでしょう」

「今度カバーするんです。するはずだった、かな。それで色々と聴いてたんです最近」

「どの曲？」

巧は思わず聞いた。

「『東京は夜の七時』」

「偶然もいいとこだね、巧君」

多一郎は何か言いたげだったが、巧は全く察することが出来なかった。

「亜希子さんはどの曲がお好きですか？」

「私は『ハッピー・サッド』かな」

多一郎はレコードをひっくり返して、針を落とした。

うれしいのに悲しくなるような
あなたはとても不思議な恋人

歌が流れた瞬間、亜希子は思わず「あれ、こんな歌詞だったっけ……」と呟いた。表情は穏やかだが、それは素直な感情を誤魔化そうとしているようにも見える。巧は視界の隅で彼女を見つめていた。

本当におかしな仇名《あだな》ね
不機嫌なポーズ気取ってる

途端に亜希子の瞳《ひとみ》から涙が零《こぼ》れた。呼吸は乱れていない。ただ裂け目から流れる樹液のように、だらだらと涙だけが溢《あふ》れていた。誰も亜希子を慰めたり話しかけたりしない。音楽はそれだけでこと足りる。

曲が終わると同時に亜希子は強引に口角を上げ、笑った。奇妙でもあったが、濡《ぬ》れた頬と少し腫れた目元と薄い眉《まゆ》毛《げ》と、化粧をしていないその顔を巧は清純だと思った。そんな彼女を巧と多一郎はそっと見守った。

巧はそれから数杯の酒を飲み、夜も深くなってきたので会計を済ませ帰ることにした。

「お代はいいよ。若くて素敵な女性にも会えたしね」

「払います」といくら言っても多一郎は「結構だから」と言って聞かなかった。今日の多一郎はいつにも増して面倒見がよかった。

「送っていくよ、今日は飲んでないからね」

香緒里が起きないので巧と多一郎で担ぐはめになった。戸締まりは亜希子にお願いして、駐車場のボルボへ向かう。後ろに香緒里を乗せるとき、昨日も同じようなことをしたと巧は思った。

脚を折り曲げて横たわる香緒里の隣に亜希子、巧は助手席に乗った。巧の荷物はトランクに入れた。

古い車特有のエンジン音で動き出す。ナビゲーションしなくても多一郎は慣れた様子で香緒里の家へと向かった。

ラジオから流れてきた情報に、三人の酔いは途端に醒《さ》めた。

——MORSEの伊藤亜希子さんが、病気でしばらく休業することがわかりました
——

「私ってどこか悪いんですかね」

と亜希子が軽口を叩《たた》いてみせるが、車中には気まずい空気が流れた。

「昨日の今日でもうこんな発表するんだな」

「流れが速いですから、芸能界は」

「知ってるつもりだったが、予想以上だ」

またしても驚いたのは香緒里のマンションが見えたあたりだった。遠くにバンが見えた。外にはスーツの男らがいて、それは亜希子の自宅周辺にいた男たちと同じようだった。

「多一郎さん、ちょっと停めてください」

ハザードを点《つ》けてライトを全て消して、五十メートルほど手前に車を停めた。

「うちの事務所の人間だけじゃないですね。多分、マスコミ」

「にしても早すぎねーか」

と言ってるそばから、犯人はすぐに浮かび上がった。

「巧君、車の鍵《かぎ》あるかい？」

「どうしてですか？」

「しばらく車を交換しようじゃないか」

皺《しわ》に皺を重ねて多一郎は言った。

「香緒里ちゃんは僕が部屋に運ぶ。君たちは二人でしばらくどこか行っておいで。時間はあるんだろう」

突然の提案に巧は目を丸くし、顔をしかめた。

「それとも観念して目の前で降りるか。僕はそれでも構わないが」

「いや、でも」

巧が口ごもっていると、多一郎はなにやらごそごそと東京五輪の記念貨幣がはめられたキーホルダーをいじりだした。

「じゃあこれでコイントスをしよう。この五輪が表、反対の富士山が裏。もし表なら二人はこの車に乗って身を隠す。裏が出たら亜希子さんがこの場で降りなさい」

「え？」と亜希子が声を発した瞬間に多一郎はコインを投げた。コインはリズミカルに回転して空《くう》を舞う。その行方を亜希子は後部座席から食い入るように見つめた。あっという間に銀貨は多一郎の右手で受け止められ、左の手のひらで押さえられる。彼はにやりと笑い、「亜希子さん、楽しんでおいで」と言って左手をどけると、コインは表を向いていた。

多一郎はコインをキーホルダーに戻し、すぐさまドアを開けて後部座席の香緒里を背負い巧の鍵を受け取った。

「腕時計、そろそろ動かさないとね」

ドアはバタンと閉まり、車内には気持ちの悪い沈黙が漂う。

「くさい言い回しだ。小説家志望だったとは思えない」

助手席から運転席へと狭い車内を横切る。

「しゃがめ」

「え？」

「ここは一方通行だからどちらにせよ香緒里の家の前を通らなきゃいけない。だから座席の下に隠れろ」

亜希子は困惑しながらも言われた通りにした。巧は着ていたロングジャケットを脱ぎ、後部座席の下に小さく丸まった亜希子を覆うように被《かぶ》せ、「じっとしてろ」と背中を軽く叩いた。

走り始めた車は多一郎を追い越し、黒いバンと男たちに迫った。緊張が高まる。しかし平静を装い、通り過ぎる。

目線を感じるが前方だけを見続ける。

スーツに身を包んだ一人の男が車の前に立って停まれと指示をした。

運転席の窓を叩くので仕方なく開ける。

「なんですか」と巧は動揺を堪《こら》えつつ言った。

「フロントライト、点いてないですよ」

しまった。いつものくせでそのまま発進してしまった。

「ありがとうございます」

巧が窓ガラスを閉めようとすると、男はガラスの縁に手をかけた。

「すいませんちょっとお尋ねしたいのですが、この道はよく通られますか？」

男の髪は角のようにやけに派手に立っていて、加えて離れ目なところがどことなく鹿を連想させた。

「えぇ、まぁ」

「昨晩から今日にかけて何か変わった様子とかありませんでした？」

「ちょっとわかんないっすね」

巧のぶっきらぼうな言い方を怪しんだのか、男は訝《いぶか》しそうな顔をした。

「人を捜してるんですよ、それも大事な人でして」

大事な人、という言葉がなんだかやけに引っかかった。男は強引に車内を見回し、後ろの窓からも覗《のぞ》く。鼓動はどんどん速まっていく。

「すいません、急いでるんで」

「その後ろに積んでるのは何ですか？」

答える義務はないと言いたいがこの状況では厳しそうだ。頭をフルに回転させ、似たサイズのものを思い浮かべるがこんなときに限って出てこない。巧は黙ってしまった。

「ご協力願えませんか」

無理だ。誤魔化せない。強引に発進して逃げるか。

バタッと車の後ろの方で音がした。直後、「すいませーん」という声がして、巧と男は後方を振り向いた。それは多一郎の声で、地面には香緒里が転がっていた。

マスコミ関係者らしき一人の女性が駆け寄って「大丈夫ですか」と声をかけている。

「すいませんね、歳なもんで。娘が酔っぱらってしまって介抱してるんですが私には重くて。ははは。早く嫁に行ってもらいたいもんです。ちょっとそのマンションまで運ぶの手伝ってもらえませんかねぇ」

ゆっくりと話す口ぶりが、弱々しい老人を演出している。女性は「すいませーん、そこの男の方ー、ちょっと手伝ってもらえませんかー？」と車の窓に手をかけている男の方に声をかけた。男はため息をついて、「すいませんでした、引き止めて。行ってください」と、多一郎の方へと走っていった。

窓ガラスを閉めながら車を発進させ、大きく安堵《あんど》の息を漏らす。

「大丈夫ですか」

「あぁ、なんとかな」

そして巧はまたしても独り言を零《こぼ》した。

「どこまでもキザなんだ」

「もう、座ってもいいですか」

「まだダメだ。高速に乗ってからにしろ」

「はい……あの、どこに向かってるんですか？」

「わかんねぇよ」

わかんないけど、逃避行といえばなんとなく北西じゃないのか。と、巧は根拠のないイメージだけを胸に、暗い路地裏を目立たぬよう走り抜けた。

10

巧と亜希子　猪鹿蝶《いのしかちょう》

窓から見える街灯が一定のスピードで流れていく。車は既に高速を走っているようだった。

「もういいですか？」

「あぁ」

十五分くらい縮こまっていたせいで身体のあちこちがちょっぴり痛い。亜希子は軽くストレッチをして、後部座席から助手席へと座席の間を通って移動した。

「なにしてんだ」

「助手席がいいです、あんまり座ったことなくて」

車に乗るのはマネージャーによる送り迎えか、タクシーくらいだった。もう何年も後部座席にしか座ってなかったことを思い出し、どうしても助手席に座りたくなった。そこからの景色は思った以上に気持ちよくて、なんとなくフロントガラスから夜空を見あげてみた。

「星、全然見えないですね」

「東京は明るすぎるからな」

東京は明るすぎる、か。

「とりあえずもう少ししたらパーキングエリア入って少し寝よう。俺今完全に飲酒運転だし」

「そうですね、休みましょう」

パーキングエリアに入ると深夜にもかかわらず車は意外に多くて、人目につかないようトイレから離れた場所を探して車を停めた。

「じゃあ、おやすみ」

「おやすみなさい」

二人はリクライニングを倒した。目を閉じると、今更ながら漠然とした不安が押し寄せてきて、亜希子はなかなか寝付けなかった。これでよかったんだろうか。この男の人は本当に信頼できるんだろうか。今から警察にでも駆け込んだ方がいいんじゃないか。

そんな風に考え始めると亜希子は怖くなってきて、どんどん頭が冴《さ》えてきてしまった。だったらまだ、話をする方が楽になれる気がした。

「あの」

寝ているかもと思って、亜希子は小声で話しかけた。

「多一郎さんて小説家目指してたんですか」

「どうして？」

「さっき、『小説家志望だった』って言ってたから」

「あー。いい線までいったらしいけどな、運がなくてやめちまった」

「どんな風にですか？」

亜希子は遠慮気味にしおらしく尋ねてみた。

「出版直前に、似たような内容の作品が馬鹿売れしたんだ。あの人の方が面白かったけど、世間は二番煎《にばんせん》じだとかパクリだとか、絶対に言うから。結局出版の話はなくなった。そんな不運なことが二度も続いて、『理不尽な世の中と闘う気はもう失《う》せた』ってやめてしまった」

「そうですか」

「ほんとに運がない人なんだ。さっきのコイントスもそうだ。いまいちキマらない」

「え、キマってましたよ、表」

「表でしたよ」

「手に落ちたときは裏だった。俺には見えた」

「うそ」

「あの人も分かったんだろうな、手の感覚で。だから手をどける直前にこうやってコインを反転させたんだ」

巧は人差し指と中指を擦《こす》り合わせるようにクロスした。

「君に話しかけただろ。楽しんでおいでって。あれは気をそらすためだ。そもそも保険かけて、手の甲じゃなく指の上でコインを受け止めたんだ。器用だけど運がない。そういう人だよ、あの人は」

そんなトリックがあったなんて。

「じゃあなんで」

なんで分かってたのに、指摘しなかったんだろう。そうすれば私を降ろすことも出来たはずなのに。

「いえ、なんでもありません」

優しさなら言葉を求めるのは野暮だと思ってなかったことにした。

「早く寝ろ」

巧はそう言ってから亜希子に背を向け、窓の方を向いた。捲《めく》れ上がったシャツから、肌を這《は》う葉のタトゥーが少しだけ見えた。

「それが、ダリアの葉っぱ？」

巧は激しい剣幕で振り返り、シャツの裾《すそ》を引っ張った。そして「アイツ、俺のいない所で勝手に喋《しゃべ》りすぎなんだよ」と吐き捨てるように言った。

「とっとと寝ろ」

亜希子は素直に目を瞑《つむ》った。先ほどよりも気持ちはなだらかで、そろそろ眠れそうな予感がした。

「ミズミンと仲良かったんだよな」

巧の低い声が窓に当たって反響する。

「はい」

二人はそのまま、深い眠りに落ちた。起きたのは正午を過ぎた頃だった。

巧に歯ブラシを買ってきてもらい、周りを気にしながらトイレで歯を磨いた。日曜日ということもあってトイレは並ぶほど混んでいて、特に家族連れが多いようだった。気付かれないよう人目を避けつつパーキングエリアを掻《か》い潜った。コーヒーを買って戻ろうかと思ったけれど、亜希子は無一文だった。車に戻ると巧はホットコーヒーを飲んでいて、既に亜希子の分まで買っている。他にもパンがいくつかあった。

「ありがとう」

握った紙コップから伝わる温度は柔らかくて優しかった。パンとコーヒーの香りが二人を包み、穏やかな日差しが車内を照らす。

見覚えのある男が遠くに見えた。昨晩香緒里の自宅の前にいたスーツの男だ。心地よい空気は一変した。

「あの鹿、どうしてここが分かった」

「鹿？」

急いでエンジンをかけ、パーキングエリアを出る。

「GPSはこの車には仕掛けられていないはずだが」

巧は腑《ふ》に落ちないようだった。亜希子にしても落ち度があったとは思えない。

「どうしますか？」

「どこかで高速降りるしかない」

巧はバックミラーでちらちらと後方を確認していたが、それらしき車はついてきていないようだった。

「なぁ」

「はい」

「やりたいこととかないのか」

きっとこの質問をされると思っていたので答えを昨日から考えていたのだけれど、どれだけアイデアを振り絞ってもやっぱりこれしか浮かばなかった。

「星が見たいです」

「星なんかどこからでも見られるだろ」

「たくさんの星です」

巧は口を閉ざし、少し考えた様子で「この方向に寄りたいところがあるんだ」と言った。そして「きっとたくさんの星もある」と付け加えた。

川越《かわごえ》インターを抜けてさらに関越《かんえつ》自動車道を下る。花園《はなぞの》インターで降り、どことなく車を走らせると案内表示に「長瀞《ながとろ》」という文字が見えた。

*

渋滞していたので駐車場に車を停めたのは三時過ぎになってしまい、既に観光客は帰り始めていた。亜希子は帽子を目深にかぶり直し、人の流れに逆らって二人は歩く。一度観光客がこっちを向いていっせいに騒ぎだしたので気づかれたのかと二人は動揺したが、視線の先へと振り返ると、蒸気機関車が白い煙を吐きながらこっちへ向かって走ってきていた。周りの人がカシャカシャと携帯で写真を撮るなか、亜希子がひっそりと「いいですね」と呟いたので、巧も「そうだな」と反応した。

階段を下りると、シーラカンスの鱗《うろこ》のような岩畳が現れ、その脇を川が流れていた。流れが思ったよりも速いのはおそらく一昨日《おととい》の雨のせいだ。

なんとなく下流の方へ二人は歩いた。時折深呼吸をすると、冷えた空気がゆっくりと肺の中に染み込むのを感じる。

「来たことあるんですか」

「十一年ぶりかな」

巧がここへ来るのは、専門学生時代に坂木とユウアとその他数人の学生らと、夏休みの課題を撮影した以来だった。課題は「自然光でのポートレイト」。巧はユウアをモデルにして、髪やスカートが風になびくのを狙って撮影しようと思っていたが、あの日のユウアは機嫌が悪かった。どうしてかは記憶にないが、結局上手《うま》くいかなくて諦《あきら》めたそのことを運転中に思い出し、どうしてもこの場所に寄りたくなった。

亜希子は突然岩畳を飛ぶように駆けていった。高いヒールを履いているのにもかかわらず、器用に岩を選んで渡っていった。

「気を付けろよ」と少しだけ声を張って言うと、亜希子は振り向いて頷《うなず》いた。マスクと帽子のせいで目元しか見えないが、まるで子供のようにいたずらな表情をしていた。

少し行ってから亜希子は止まった。そしてヒールを脱ぎ、片方ずつ手にひっかけながら今度は両腕を伸ばしてやじろべえのように歩き始めた。小学生が白線だけを踏んで歩く遊びをするように、亜希子もなにかを目安に俯《うつむ》きながらたどたどしく歩いている。

そうだった。ユウアはあのときヒールを履いていて、「こんな足場の悪いとこに連れてくるなんて聞いてなかったよ」とふてくされていたんだ。仕方なくヒールを脱いで裸足《はだし》で歩いていたのだけれど、途中で足を切ってしまい、結局巧がおんぶすることになってあんまり撮影が出来なかった。そう、ちょうどあの辺りだ。

「いたいっ」

亜希子が突然しゃがんだ。

慌てて駆け付けると、亜希子はガラスの破片で足を切っていた。大して深い傷ではなさそうだが、じんわりと血が滲《にじ》んでいる。

「気を付けろっていったろ」

「気を付けろっていうから脱いだんです」と、マスクを顎《あご》の方へ下ろして亜希子は言った。

どうしてだろう、雨の中で彼女を見た日からユウアの面影を感じるのは。彼女がマキというあだ名だったからか？　いや、馬鹿げてる。けれどしつこいほどにフラッシュバックする。モノクロの景色にあの頃の記憶がヴィヴィッドに蘇《よみがえ》っていく。

愚かしくも撮りたいと思った。あのときユウアが機嫌を損ねて撮れなかったポートレイトを、伊藤亜希子で、今ここで。しかし言わない。それが何にもならないことを巧はわかっている。

亜希子は立ち上がってまた走っていった。岩畳はこの先から急に低くなっているので、亜希子の姿はすぐに見えなくなってしまった。巧は岩畳に点々とついた血を辿《たど》りながら、ゆっくりと歩いていく。勾配《こうばい》の手前まで行くと、亜希子が大きな岩の縁に座っているのが見えた。足を垂らして、水面をぴちゃぴちゃと叩《たた》いている。ヒールは腰もとに転がっていた。

巧はその隣に座った。他に人はいない。

水面には薄《うっす》らと雲を張った空が映っていて、そのダイナミックな景色に思わず「水墨画みたいだ」と巧は言った。

「もうすぐ夏至だから、まだまだ夜にならないですね」

「そんなに星が見たいのか」

「東京に来てからは見ることが出来ませんでしたから」

「出身は鳥取だったっけ？」

「はい、市内です」

「植田正治《うえだしょうじ》」

「よく知ってますね、って当たり前か。カメラマンですもんね」

「大好きな写真家の一人だよ」

ゴムボートに乗った若者たちが川を下っていく。はしゃぐ声が岩壁に跳ね返り、空へと抜けて行く中、巧と亜希子は静かに空を仰いだ。

「だいぶ、赤くなってきましたね。空」

「そうだな」

巧は手を伸ばして、川の水に触れた。それはちょうどいい冷たさで、過去の記憶がぐるぐると巡る巧の脳の流れを少しずつ緩やかにさせた。

「夜が来るまで、昔の話でもしません？」

「いいけど、辛《つら》くないのか」

「ここにいると不思議とそういう気分になるみたいです。もう洗いざらい話しちゃって、楽になりたいような、そんな気分」

「拷問された犯人みたいだ」

「水に流したいってことですかね」

「この川に？」

二人は目を合わせて微笑み、それから靴ひもを解《ほど》くように昔のことを語り始めた。

＊

「何から話しましょうか」

「なんでも」

「なんか、質問してください」

「腕、どうして同じ箇所に刺した」

「知ってたんですか」

「タオル巻いたときに」

亜希子は数秒ほど瞼《まぶた》を閉じて、過去に思いを馳《は》せた。

三年前、私には高校を卒業してから二年ほど付き合っていた彼氏がいました。彼は高校のクラスメイトで、私の初めての恋人でした。私は彼を心から愛していたし、彼も同じ気持ちだったと思います。でもMORSEの人気は急上昇していて、私自身も本気で仕事をしたいと思っていたから、彼に割く時間は徐々に減っていきました。そんな彼があるとき、携帯にメールをしてきたのです。メールは「こんなこと書かれてもまだアイドルやるのかよ。俺は彼女がこんなこと言われてるの許せないんだけど」

という内容で、添付のURLを開くとそこには「伊藤亜希子アンチスレ」と題された掲示板があり、様々な誹謗《ひぼう》中傷があることないこと書かれていました。

　衝撃でした。それまでネットには疎かったので、そういったことが目に触れる機会もありませんでした。でもこのとき初めて、私は誰かに嫌われていると実感してしまったんです。

　それ以来、頻繁にそのサイトを見るようになっていきました。辛いけれど、直せる部分は直していこう、努力していこうと思ったんです。顔は変えられないけれど、髪形は不評ならすぐに変えられるし、衣装からしゃべり方まで、出来る点は少しずつ修正していこうと思いました。すると不思議とファンの歓声やファンクラブの会員人数が増加していったんです。自分は正しいと思いました。やはり人は聞く耳を持つべきだと。

「真面目なんだな」

「それくらいしなきゃダメだと思ってました。じゃないと他のアイドルやアイドルになりたい人に失礼だって」

　その頃には既に彼と別れていました。彼氏との恋物語よりも、限りない自分の可能性が開けていくのが楽しくて仕方なかったんです。ただファンが増えていくことによって、意見の賛否が平均的になっていきました。何かをすれば、いいねと褒める人と同じくらいダメだっていう人がいて、今まで分かりやすかった答えが徐々に曖昧《あいまい》になっていったんです。そんなあるとき、一つの話題でスレッドが盛り上がりました。

「アッキーの二の腕、なんか気持ち悪いのない？」「わかる　三つくらい並んでるホクロっていうかシミっていうかな」「虫みたい　うわ」

私には生まれながら左腕にシミのようなアザがあって、確かに奇妙な配列だったけれど今まで気にしたことはありませんでした。ただ、「虫みたい」という言葉を目にしてから、取り憑《つ》かれたように意識するようになってしまいました。仕事場では左腕を隠すようになり、いつしか左腕のアザの部分を強く引っ掻《か》くようになってしまって、徐々に皮膚は傷み、ぼろぼろになってもその癖は止まりませんでした。マネージャーが薬を用意しても使わず、けれどそんなことしてもアザが消えることはありませんでした。スレッドでは「隠すようになったぞぉおお」などとまた盛り上がるようになって、どんどんと私は左腕に意識が囚《とら》われていきました。そして最後の書き込みを目にして、完全に自分を見失いました。

「隠すくらいなら死ね」

「まさかそれで」

「包丁で左腕をずたずたに切り裂きました。自分でも分かってます。狂ってるって。でも狂いきる方が楽でした」

「おかしな話だな。応援してる奴のせいで狂うなんて」

「そういう世界です。そこで生きられるのはよっぽどの天才か、鈍感な人間だけなんです」

同じようなことを巧も思ったことがあった。

「やめればよかったのに」

「誰だってやめられませんよ、ステージからの景色を見たら」

「ミズミンは助けてくれなかったのか、仲良かったんだろう」

「相談できませんでした。それこそ彼女は天才だったたし、圧倒的に魅力的でした。そんな人気者には迷惑をかけたくなかったんです」

「そういうもんか」

「でもそのあと助けてくれました。病院で」

自分の腕を切り裂いて、私は気を失いました。目が覚めると天井には無数の星があって、それがあまりにも美しいから、自分が病院にいると気付くまでに時間がかかったくらいでした。包帯の巻かれた左腕を庇《かば》いながら起き上がって枕元を見ると、小さな家庭用のプラネタリウムがあったんです。天井の星はその機械から投影されていて、横には「お見舞いだよ、早くよくなってね　ミズミン」と書かれたメモがありました。ミズミンは私が星好きなことを知らないはずなのに、このプレゼントは出来過ぎの偶然でした。私は目を丸くしながら、天井の星を見上げました。

真上にはベガ——七夕の織り姫——を含む五つの星が光ってました。琴座です。

「琴座の話、知ってますか？」

「いや」

竪琴《たてごと》の名手オルフェウスは妻エウリディケの不慮の死を受け入れることが出来ず、妻を取り返そうと冥界《めいかい》に向かいます。そして冥界の王ハデスの前で琴を演奏しました。そのあまりに美しい音色にとうとうハデスはエウリディケを地上に戻す約束をするのですが、かわりに「地上にたどり着くまで、決して後ろを振り返ってはならない」という条件を付けます。でも、あと少しというところでオルフェウスは不安になり、振り返ってしまう。悲しげな表情を浮かべたエウリディケは再び冥界へと引き込まれていく、という話です。

「悲しい話だ」

「神話は大体悲しいものです。なんだか、それを思い出して。そのとき、後ろを振り返るのはやめようって思ったんです。いちいち自分の評価を気にしてインターネットのスレッドなんか見て、落ち込むのってばからしいって。過去の反省を他人に求めて振り返るなんて、オルフェウスそのものだって。だからもうやめにしました。信じよう。エウリディケであるファンを。そして自分をって」

「強いな」

「あのときは固くそう誓ったのに。やっぱりダメでした。どこかで自分を信じきれてなかったんです」

だからジャックを振り切ることが出来なかった。尾久田雄一に甘えて逃げるように不倫した。

亜希子は重い荷物を下ろしたように、すっきりとしていた。辺りは少しずつ涼しくなり、さらりと風が吹き抜ける。

「背中。見せてもらえませんか」

亜希子は巧の中にもオルフェウスと似た弱さを感じていた。それはつまり亜希子自身とも似ているということだった。亜希子の左腕の傷。巧のタトゥー。それは二人にとって同じことを意味しているように亜希子には思えた。

巧は躊躇《ためら》っていたけれど、しばらくして服を脱いでくれた。夕暮れの下で、ダリアの葉は凄艶《せいえん》と際立っていた。

「どれがミズミンですか」

「コレとコレがミズミンと岡田の二枚だ」と左の方を指差した。

「花を彫らないのはやっぱりユウアさんのためなんですか?」

巧は口を閉ざし、上半身を脱いだまま流れる川を眺めている。凝然とした巧の態度に、亜希子はそれ以上話しかけるのをやめた。

ほんのり冷たい風が頬を撫《な》でてゆく。やがて空一面に星が散らばった。

「どれが琴座だ」

川のせせらぎの中で巧は尋ねた。

「あの白星が琴座のベガです。五番目に明るい恒星」

白く光る星を亜希子が指差した。そして琴座を形成するその他四つの星を「それと、あれとあれと」と指差しながら巧に教えた。

巧はその琴座をじっと見上げながら、「もうひとつ、聞いていいかな」とまた亜希子に尋ねた。

「オルフェウスはそのあとどうなった」

「あらゆる女性を避けて生きますが、その女性たちの反感を買い、殺されます」

星明かりに照らされた巧の表情は酷《ひど》く憂いを帯びていて、まるでオルフェウスに何かを求めているようだった。

＊

二人は駅前の小汚い中華料理店に入った。空いていてなおかつ美味《うま》そうな店が見つかり、二人は安心した。客は巧と亜希子だけだった。

並んだテーブルの一番奥を選び、それぞれラーメン半チャーハンセットと麻婆《マーボー》豆腐定食を頼んだ。外は寒いというほどではないが、水辺にいたせいで思ったよりも身体は冷えていたから、温かい飯が身体に沁《し》みる。すぐに巧は食べ終えてしまい、お茶を啜《すす》りながら店内のテレビに目をやった。先ほどまで鍋《なべ》を振っていた店主はそそくさと厨房《ちゅうぼう》で洗い物をしている。

画面にはニュースバラエティが映しだされていて、野球の試合結果をダイジェストで放送していた。スポーツコーナー終了後、司会者は次のトピックスを紹介した。

――昨晩、無期限活動休止を表明された人気アイドルグループＭＯＲＳＥの伊藤亜希子さんですが、我々は独自の情報をキャッチしました。伊藤亜希子さんは現在、行方がわかっていないということです。あの人気アイドルが、どのような理由で突如行方をくらましたのか。伊藤亜希子さんは一体今どこで何をしているのか。この番組では、そのヒントとなる、伊藤亜希子さんの目撃証言を入手いたしました――

亜希子は箸《はし》を動かす手を止め、神妙な顔でテレビの画面を見た。爪楊枝《つまようじ》をとろうとしていた巧もテレビの方へと振り返る。

「今日の昼間、三芳《みよし》パーキングエリアでアッキーがトイレで歯を磨いていたのを見ました」

中年女性の口元が滑らかに動いている。

「まさかとは思ったんですけど、やっぱりそうで。それから車の方に戻っていったんですけど、運転席には男性がいました」

二人は目を合わせた。

「夕方、長瀞の駅前に男性といたのを見ました」

別の証言者が話す。今度は若い男だった。

「隣にいた男は多分三十歳前後だと思います。背が高くてー、なんかワイルドな感じ」

「ワイルドだって、俺」

「何、お気楽なこと言ってるんですか。そんなことより、どうやって目撃者を見つけたんですかね。この短期間で」

スタジオに切り替わり、元プロ野球選手が軽い口調でコメントした。

「現時点で警察に届けは出されていないといっても誘拐の可能性もあったりするんじゃないですかねぇ」

「なんでそうなんの？」

「誘拐犯扱いされてますよ。逮捕されちゃったりして」

「いっそ、それでもいいかもな」

巧は小さく呟《つぶや》いた。

俺が塀の中にいようと、誰にも迷惑はかからない。仕事もやめた。香緒里や多一郎のような周りの人間が心配する程度で、俺自身はというと、とても楽だろう。星空を見たせいか、そんな風にも思えた。

テーブルから「お会計お願いします」と声をかけたが洗い物を終えた店主は携帯をいじっていて反応せず、もう一度大きい声で言うと「あぁあぁ、すいませんねぇ」とゆっくり歩いてきた。

「千七百五十円です」

お金を払うと頭にバンダナを巻いたその店主は「アッキーさんですよね、あの、サイン頂けますか」とやや興奮気味に頼んできた。亜希子は一瞬困惑したようだったがすぐに「いいですよ」と承諾したので、店主は「本当ですか、じゃあ今ペンと色紙持ってきます」と厨房の奥へと行ってしまった。

「大丈夫なのか？」

「やっぱり断れなくて」

「テレビでも捜されてるアイドルが呑気《のんき》に中華料理店でサインしてるなんて、どういう状況なんだよ」

「巧さんだって求められたら写真集にサインするでしょ」

巧は咥《くわ》えていた爪楊枝を外し、目を細めて亜希子に言った。

「なんで写真集出したこと知ってんだ」

「香緒里さんから聞きました」

「ありました、ペンと色紙。すいませんねぇ無理なお願いして」

亜希子は慣れた手つきでサインをする。巧は香緒里の口の軽さにいよいよ苛立《いらだ》っていて、電話してやろうかとスマートフォンをポケットから取り出したが、電池は残りわずかだった。亜希子のサインは手の込んだもので、可愛らしい似顔絵が少しずつ出来上がってゆく。その華やかな色紙を店主は覗《のぞ》きこみながら、べらべらと独りで喋《しゃべ》り始めた。

「いやー嬉《うれ》しいですねー、こんなところに有名人きませんからねー。あまりに興奮してしまってついさっき、呟いちゃいましたよ。いやね、最近宣伝のためにと思って始めたんですが、なかなか呟くことなくて。でもようやく『アッキーこと伊藤亜希子様がご来店！』ってツイートできて感謝です。お二人ももしよかったらぜひフォローしてくださいね、この店の名前でツイッターやってるんで」

店主の悪気のない言い草に二人が絶句していると、バタンッと勢いよく扉が開いた。そこにいたのは昨晩と今日の昼間に見かけた鹿の男と、身長が二メートルほどある大柄の男だった。二人ともピシッとしたスーツに身を包んでいる。

「高橋巧さん、やっぱりあなただったんですね」

二人は思わず立ち上がった。店主は一体何が起こっているのか分かっておらず、

「二名様ですか」と頓珍漢《とんちんかん》な接客をした。

「伊藤亜希子さん。何してるんですか。いい大人なんだから迷惑かけるのやめましょうよ。尾久田さんも心配してました。こんなことで将来を棒に振って欲しくないと。おとなしくお家に帰って、これからの話し合い、しましょうね」

亜希子は弱々しく後ずさりしているかと思いきや、意外にも鹿をきりっと睨《にら》んでいて、巧はそれを宣戦布告だと感じた。

「目的はなんだ。どうしてこの女がそんなに必要なんだ」

「いやだなー、高橋さん。僕らはただ話を付けようってだけじゃないですか」

「尾久田との不倫か。口封じってことか」

鹿の顔つきが瞬時に獰猛《どうもう》になる。

「もし世間に不倫がばれたら損害は莫大《ばくだい》だもんな。でもさ、自業自得だろう。尾久田だって好き勝手やってきたんだ。この子の気持ちだってあるだろ」

「そいつの気持ちなんかどうだっていい。いつ消えるか分からないアイドルよりも、日本を代表する俳優の方がよっぽど国の為、日本人の為になると思いませんか」

鹿は覚悟を決めた様子で、大男を見て顎《あご》を振った。すると、大男はじりじりとこちらへ寄ってきた。

「お前はイノシシって感じだな」

男は黙ったまま突然壁を殴った。拳《こぶし》は壁を突き抜け、手を引くとぽっかり大きな穴が空いている。自慢の腕力をアピールしたらしい。イノシシは鼻息を荒らげ、急にこちらに向かって走ってきた。

「イノシシだけに猪突猛進ってか」

さきほどの香緒里への苛立ちも相俟《あいま》ってか、巧も臨戦態勢になっていた。テーブルの上に立ち、向かってくるイノシシの方にテーブルからテーブルへと跳んでいく。いよいよ近づいたところで、イノシシの顔あたりを目がけて左足で飛び蹴《げ》りをしようとジャンプをする。イノシシはすかさず防御しながら右の拳を振り上げた。しかし巧の飛び蹴りはフェイントだった。伸ばした左足を瞬間的に折り曲げ、イノシシを飛び越し、後ろから肩を蹴る。すると相手は思わず前のめりでしゃがみ込んだ。

巧の狙いはイノシシではない。一昨日《おととい》の闘いで酷使した両足は万全ではなく、また左腕の傷も癒えていないこの状況であの巨体と闘うのは不利すぎる。ならばまだ線の細い鹿を狙った方が勝機があると思えた。ただ、イノシシを亜希子に任せるのもまずかった。

そのまま駆け抜け、目を丸くする鹿へ向かって前から飛び蹴りをかます。しかし相手は素早く身を躱《かわ》し、両手できちんとガードした。鹿もそれなりに経験があるようだ。すぐさま振り返って、亜希子に声をかけた。

「こっちへこい！」

誤算だったのはここが中華料理店ということだ。床が油で滑りやすく、踏ん張りが利かないせいで、膝《ひざ》への負担が異常にかかってしまう。まともに闘っても勝ち目はなかった。どうにかコイツらを躱して逃げる手立てを考えなければ。

その間にも鹿は攻撃を仕掛けてくる。互いが攻防を繰り返している間にも、亜希子はどうにか大男を潜ってこっちへこようとしていた。

「普通にやっても無理だ！　頭を捻《ひね》れ！」

立ちはだかるイノシシを相手に、亜希子は咄嗟《とっさ》にテーブルに残っていたラーメンの汁を相手の顔にぶっかけた。不意を突いた隙に巧の方へと逃げるつもりだったようだが、イノシシは少しもたじろがず、むしろ怒りを買ってしまい、その大木のような腕を振り回して亜希子へ迫っていった。店主は二人の間で腰を抜かしている。

亜希子はパッと閃《ひらめ》いたような表情を浮かべ、店主の頭からバンダナを奪ってテーブルから壁へと蹴り上がり、イノシシの首もとに上手《うま》く絡み付いた。あまりの機敏さにイノシシはついていくことができず、肩車の姿勢になった亜希子を摑《つか》み払おうと両手を真上に上げた。その瞬間にバンダナで目隠しをして、そのまま背中から宙返りをする。上手く着地したと同時にイノシシの後ろから股間《こかん》を蹴り飛ばすと、男は身体を折り曲げて悶絶《もんぜつ》した。その様子を見た鹿は巧との闘いをやめ、亜希子を後ろから押さえようと走り出す。亜希子はさっと振り向き、前屈みになっているイノシシの背中をヒールで踏みつけその勢いでジャンプした。鹿は亜希子を追いかけようと手を伸ばすが、床の油でそのまま滑っていき、スピードが乗ったままイノシシに突進した。鹿もイノシシも革靴を履いているせいで、滑りやすかったらしい。まるでビリヤードのように二人はぶつかり、床に崩れた。

あまりに華麗な舞が蝶《ちょう》のようで、巧は「猪鹿蝶」とくだらないことを思い、油断できない闘いにもかかわらずプスっと笑ってしまった。

イノシシはバンダナを解《ほど》きながら立ちあがり、こちらを睨んでいる。鹿も同様だった。巧は亜希子の手をとり、テーブルを倒しながらドアへと一目散に走って店の前に路駐してあるボルボへと駆け込んだ。振り返ると、テーブルに邪魔されながらもすぐに店内から鹿とイノシシが追いかけてくる。奥には頭髪の薄い店主が書きかけのサインを抱えてこっちを見ていた。

鹿が車の扉を叩《たた》いた瞬間、巧はすぐにエンジンをかけ、アクセルを踏んだ。深夜は車が少ないのでスピードは出せるが、追いつかれやすい。国道140号線を走っていくと、後方からライトが見えた。鹿とイノシシの乗ったバンだ。

アクセルをさらに踏む、しかし古いボルボにはもう限界だった。後ろの車はかなり接近している。

やたらと鳴らすクラクションがうるさくて、巧はラジオをつけた。ボリュームを一気にあげると、車内には流行の洋楽が響き渡る。

亜希子は後ろを振り向きながら「追いつかれる」「少し下がった」「隣の車線にいる」とその都度実況し、巧は指示に従って国道を駆け抜けた。上野町《うえのまち》の交差点を急ステアリングで右折するとバンはそのまま直進していった。若干減速したものの再び強くアクセルを踏み、今度は二つ先の信号、本町《もとまち》の交差点でまた素早くステアリングを右に切った。二人の身体が大きく傾く。亜希子は悲鳴をあげた。

「撒《ま》いたか？」

「わかりません」

後方からハイビームのライトが車内を照らした。

バンはしつこく追跡してくる。国道２９９号線を行き、荒川《あらかわ》を越えると街中とはうって変わって山道や田道になる。

「この道では撒けない。スピードも出せない」

相手の車はもう接触すれすれまで迫っていた。

「頑張ってください」

「頑張れったって、この先はバイカーが攻め込むような峠だぞ」

街灯もままならないまま対向車線を無視して道の真ん中を走る。スピードを上げると、山道が見えて生い茂る木々の中へと車は吸い込まれた。

暗闇での運転には自信があるが、集中するためにラジオを切った。猛スピードにも奴らは必死に食らいつき、カーチェイスは死闘へと近づいていく。

目の前に急カーブが現れた。ここだ。

パワースライド。減速はギリギリまでせず、カーブ直前でアクセルを外し、ステアリングを右に切る。そしてサイドブレーキをぐっとかけ、車の後部をスライドさせた。

車体は上手く横滑りした。と思いきやカーブで軌道が膨らみすぎてガードレールにぶつかりそうだ。

サイドブレーキを全力で引いてアクセルを強く踏み直すと、車はどうにか持ちこたえた。これで奴らがストップするかガードレールにぶつかってくれればいいが。

しかしそうはならなかった。バンは上手くカーブを曲がりきり、こちらとの距離を縮めてくる。ほぼ真後ろに接近すると、敵は追い越すつもりなのか、少し横にずれて急激に加速した。

追い越されてしまえば道を遮られて強引に停められてしまう。

車の上を何かが飛んだ。直後、ドン、という音が聞こえ、そのあとに凄《すさ》まじい爆音が聞こえた。

巧は運転に必死で振り向けず、バックミラーからはなにが起こったのか分からなかった。奴らの車は煙を上げながらストップしている。

「なんだ」

亜希子は後ろを振り向いていった。

「鹿」

「え、鹿がどうした」

「ぶつかった」

「何に」

「鹿に」

「だから何に」

「鹿」

巧はようやく理解した。鹿が鹿とぶつかった。相手の車は驚いてハンドルを切ってしまったのか、回転しながらガードレールにぶつかり、クラッシュしていた。

バックミラーから目を凝らすと、撥《は》ねられた鹿らしき物体が炎上する車体の奥に横たわっている。

燃え上がるバンから二人が慌てて降りてくる。どうやら大怪我はしていないようだ。

おそらく轢《ひ》かれた鹿にだろう、亜希子は「ごめんね、ありがとう」と呟《つぶや》いた。巧が車を加速させると、車体の振動は二人を揺らした。

山道を抜けてぐるぐるとあてもなく車を走らせる。二十分ほどしてから再びまるでトンネルのような木々の生い茂る山道へ入ったので、車を停めた。ライトを消していると辺りは巧でも見えづらいほど真っ暗で、ここまでくれば奴らに気づかれる心配はないだろうと思った。

辺りは異様に静かだった。再びラジオをつけると、お笑い芸人のコンビが楽しそうに会話していた。

「いやー、アッキーどうしちゃったの？　って感じよ。俺好きだったのに」

「これって駆け落ち的なこと？」

「駆け落ち！　くはぁー、その男羨《うらや》ましい」

「カメラマンらしいよ」

「マジかよー、結局さーヘアメイクとかスタイリストとかカメラマンとかがモテるようになってるのか、この世は」

「芸人負けてられないな」

「新人のリリィは芸人に抱かれろ！」

「なんじゃそら、ははは」

ラジオを切っても、気まずい空気はそのまま残っていた。エンジンを止めると、微《かす》かに明るかった車内は完全に暗くなった。

「しかし、ほんとに早いな。マスコミってのは」

互いに表情が見えていないため、独り言を言っているような気分になる。しばらくして亜希子の声が左から聞こえた。

「飛行機と似てると思うんです、芸能界やマスコミは。空を飛んでるのを下から見るとすごくゆっくりに思えるけど、本当は時速千キロとか。きっと、そうでないと飽きられてしまうんです」

スーッという音が車内に響く。亜希子が窓を開けたようだった。巧も同じようにすると、涼しい風と土の香りが二人を通り過ぎていった。

黙っていると、初めは聞こえなかった音が徐々に聞こえるようになった。葉の擦れる音、虫の鳴き声、川のせせらぎ。どれもとても心地よかった。

ふと、ガチャッとドアを開く音が混じった。亜希子が車を降りたようだ。彼女の足音がどんどんと遠のいていく。巧も車を出たが、深い闇で亜希子の姿は見えなかった。

「おーい」

少しだけ心配になった巧が声を放つと、ふと森の奥に光が見えた。

「なんだ、あれ」

巧が呟いた瞬間、思いのほか近くから「どうしたの？」という亜希子の声が聞こえた。

「ほら、あの白い光」

「どれ？」

巧には見えているぼんやりとした光が、亜希子の視界には入っていないようだった。

「あれだよ、あれ」

あれ、と指差しても亜希子にはそれが見えないことに後から気がつき、巧は彼女の声を頼りに近くまで寄った。そして亜希子の肩を摑《つか》み、強引に身体を光の方に向ける。

「あれ」

「あ、ほんとだ」

ようやく光の粒が見えたらしく、亜希子はその正体を言い当てた。

「ホタルだ」

光の粒は瞬く間に増え、辺り一面でちかちかと点滅する。まるで洞窟《どうくつ》の壁面で輝く水晶のように蛍の光はきらきらと輝いていた。それはあまりにもロマンティックなイルミネーションで、圧巻の光景だった。

蛍の大群は飛翔《ひしょう》し、山道を流れてゆく。二人は光に包まれながら、静かにその蛍の流れについていった。やがて木々のトンネルの先に薄明かりが見える。山道を抜けると、そこには数多《あまた》の星が輝く夜空があった。その下で蛍は煌々《こうこう》と発光していた。空から星粒が零《こぼ》れてきたように光は立体的で、儚《はかな》く灯《とも》る蛍の光はまるで天の川のようだった。光のシュプールが二人の周りで無数に描かれる。美しすぎる世界に、巧と亜希子は思わず声を漏らした。

二人はその景色を見続けた。宇宙に吸い込まれたような気分を味わいながら。

しかしだんだんと蛍の光は散らばってしまい、残ったのは星空だけだった。どことなく寂しい気分を紛らわそうと巧は道路に座りタバコを吸った。煙は伸びていって、まるで雲が垂れてきたかのように空と繋《つな》がった。

「巧さん」

「なんだ」

「ひとつ聞いてもいい？」

眉《まゆ》を寄せて立ったままの亜希子を見ると、彼女は真剣な顔で俯《うつむ》いていた。

「なんだよ。そんな顔して」

「巧さん、もしかして」

亜希子はまた言葉を詰まらせた。じれったくなった巧は少し苛立《いらだ》ち気味に尋ねた。

「なに」

亜希子は随分と悩んでいたようだったが、ようやく腹を決めた様子で巧に聞いた。

「巧さんてもしかして色、見えないんじゃないですか?」

一匹だけ残っていた蛍が巧の前を横切る。

「どうして、そう思った」

「蛍の光は白じゃなくて黄色です」

沈黙の中に、タバコを焼く火の音がジリジリと目立つ。

「それに長瀞の真っ赤な夕暮れをみて、『水墨画みたい』なんて言うのは、やっぱり変です」

巧の思いを射貫《いぬ》くように、亜希子は真っすぐな瞳《ひとみ》で巧を見つめていた。それはまるで同情にも共感にも似た表情だった。

「話して。巧さんの過去」

「長い話になる」

亜希子は無言のまま、ゆっくりと巧の横に座った。巧がもう一度タバコを吸うと、灰は風に崩され、ひらひらと飛んでいった。

＊

ユウアが亡くなった翌朝、目が覚めたらいつもの景色が全て白黒だった。夢の続きかと思ったがそうではないことはすぐに理解した。

あの日から俺の世界は色を失った。文字通り。

全色盲。完全に色を識別出来ない。全ての色が白黒で見える。後天的な色盲、なおかつ成人男性が心因性の色覚異常を発症するというのはかなり珍しいケースだった。それくらいネットで調べればすぐに分かった。

でもどこかでちょうどいいとも思った。もう、カメラを握るつもりはなかった。


「どうして?」

「ユウアが死んだのはカメラのせいだからだ」


あの日はユウアの妊婦ヌードを撮影する予定だった。ユウアとは夫婦でありながらカメラマンとモデルという関係でもあり、今だけしか撮れない妊婦ヌードの撮影に二人は張り切っていた。当日、撮影まで俺は別の仕事があって、ユウアも産婦人科での定期検診で、だから午後七時に渋谷で待ち合わせることにしていた。高校生の頃から、待ち合わせといえばスクランブル交差点の時計の下と決まっていた。

仕事が少し早く終わった俺は、先に待ち合わせ場所に着いていた。しばらくすると交差点の反対側に大きなお腹とダリアの花束を抱えたユウアが見えた。ゆっくりと注意しながら歩く様が愛らしく、溜《た》まり始めた信号待ちの人々をかき分け、俺は彼女に向かって手を振った。ユウアも気づいて小さく手を振り返してくれた。職業病だ、このときも俺はユウアを撮りたいと思った。肩にかかっていたカメラを持ち上げファインダーを覗《のぞ》くと、信号はタイミング悪く青に変わって、堰《せき》を切ったように人々がいっせいに歩き始めた。そのせいで俺はユウアを見失ってしまった。ようやく見つけた頃にはまだ彼女は交差点の真ん中あたりで、俺はそこで「止まって」という意味で手のひらを突き出した。すると彼女は短い髪をかきあげるようなポーズを決めてくれた。構図を選びピントを合わせ、シャッターを切ろうとしたそのときだった。軽トラックがユウア目がけて突っ込んできた。

悲惨な光景が渋谷のど真ん中に一瞬で広がった。スクランブル交差点は血の海になり、駆けつけても辺り一面は倒れた人ばかりで、どれがユウアかすぐには分からないほどだった。

それからのことは思い出したくない。というより、思い出せない。ただ、俺にとってかけがえのない二つの命は一瞬でこの世から消えてしまった。それは紛れもない事実だった。

「ユウアは俺が殺したも同然だった。俺があのとき『止まって』と指示しなければ彼女は死ぬことはなかった。俺にとってカメラは、『ユウアと俺を繋いできた大切な友人』から、『ユウアを殺した忌まわしき凶器』となってしまったんだ。俺は何もかも失った。色覚までも」

「でも事故じゃないですか」

「君なら分かるだろ。酷《ひど》く苦しいときはとにかく自分を責めてしまう」

「だからって」

「でも、色が見えないのは俺を楽にした」

色が見えなくなってから、俺はカメラのシャッターが切れなくなった。カメラのファインダーを覗くとあの事故の瞬間が蘇《よみがえ》ってしまう。次第にカメラに未練もなくなっていった。それまでユウアのために新しい花を見つけたり、新しい配色を試してみたり、とにかく彼女のために色を探していたが、その必要もなくなった。

塞《ふさ》ぎ込む一方の俺に対して周りの人間は優しくて、香緒里は色々と面倒を見てくれたし、坂木は仕事として俺に写真のプリントを頼むようになった。カラーではなく白黒なら、という条件で俺は写真をプリントするようになり、そのうち軽いカメラアシスタントをするようになった。

自分で撮影するのは怖くても、人の写真を見るのはまだなんとか平気だった。

あるとき、スタジオでグラビアアイドルが、付き合っている男性に奥さんがいるという会話をしていたのを聞いたんだ。許せなかった。子供もいて平和な家庭を生きられる環境の人間がどうして不倫なんかするのか。自分の叶《かな》えられなかった夢を、目の前で踏みつぶされるような思いになった。八つ当たりに近い感情と分かってはいるものの、怒りで胸が張り裂けそうになった。

その夜、俺は無我夢中でその女を追跡し、カメラで撮影した。不思議とシャッターを切ることが出来た。夜だからか、白黒だからか。恐怖心もない。むしろ爽快《そうかい》だった。「ゴシップを撮ったんだが写真週刊誌に働いてる人間は誰かいないか」と、坂木に相談すると小日向を紹介され、それからはゴシップカメラマンとして仕事をするようになっていた。

「誰も止めないんですね」

「自殺とかするよりまだマシだったんだろう」

「香緒里さんは？　何も言わなかったんですか？」

香緒里には全て話した。全色盲のこと以外。言わなかったのは、見えない方が楽だったし、病院に行くのが嫌だったからだ。ましてや心療内科や精神科に行くなんてまっぴらだった。薬やカウンセリングで取り戻す色に意味があるようには思えなかった。ただゴシップを撮ったり他人に甘えたりして、少しずつ楽になっていくのもまた苦痛だった。結局それはユウアを忘れるための作業なんじゃないか、って。わがままだよな。でもそういう考えが頭をもたげて仕方なかった。

「だから香緒里さんに彫ってもらったんですか？　有名人のゴシップを一人撮る度にダリアの葉を一枚というルールで」

「ああ」

「矛盾してます。自分でパパラッチして、その度に背中に刺青《いれずみ》って、結局自分で自分を痛めてるようにしか思えません」

「それでもな、俺の背中にはユウアがいるような気がするんだ」

「嘘です。だから花のタトゥーは刺《い》れないんでしょう？」

「違うよ」

「じゃあどうして？　いつか色が見えたら、そしたら花を刺れようってことですか？」

二本目のタバコを口に咥《くわ》えると、亜希子はそれを取り上げた。

「話してください」

「俺たちはダリアが好きだった。作品もダリアを使ったものが多かった」

「それだけの理由？」

巧はそっと瞬《まば》きをし、遠くを見つめていた。

「ダリアの花言葉を知ってるか」

「いえ」

「移り気だ」

亜希子はその言葉を噛《か》みしめているのか、ふとおとなしくなった。巧は亜希子に奪われたタバコを取り返し、そっと火を点《つ》けた。

「分かってんだ俺も。ユウアに縛られてないで、新たな一歩を進むべきだって。でも忘れたくないんだよ、どうしても。だからいつか、もしも色が見えるようになったら、ダリアの花を背中に彫ろうと思った。その日が来れば、俺は『移り気』していいんじゃないかって。俺に色が見える日がくれば、ユウアは許してくれたってことなんじゃないかって」

赤裸々に全て語り終えた巧は、亜希子の方をちらりと見た。両膝《りょうひざ》を抱えたまま黙っていて、言葉を返せないというよりは、じんわりと受け止めているという風に見える。それは巧にとってもありがたかった。つい甘えてだらだらと喋《しゃべ》り過ぎてしまい、これ以上は感情の抑制が利かなくなりそうだったからだ。

タバコを吸う度に点《とも》る先端の火は、どことなく蛍の光に似ていた。

「こんな話、誰にもしたくなかった」

抑制は間に合わなかった。巧の目から涙が溢《あふ》れる。徐々に嗚咽《おえつ》も混じり、両手で顔を覆うと涙は一層激しくなっていく。巧は声を荒らげながら泣いた。

肌の温《ぬく》もりが巧の身体を包んだ。亜希子に抱きしめられた巧は彼女にもたれ、今まで耐えた苦悩一切合切を呻《うめ》き声とともに吐き出した。巧は亜希子にしがみつき、やがて亜希子を抱きしめ返すような形になる。巧の「ごめん、ごめん」と何度も何度も叫ぶ声にならない声が、果てしない夜空の下でこだまし続けていた。

11

閃光スクランブル

あの蛍と星の瞬きから一ヶ月間、マスコミと事務所関係者に追われながらもなんとか巧と亜希子は逃避行を続けた。秩父《ちちぶ》から上信越《じょうしんえつ》自動車道を通って北へと抜け、新潟から金沢《かなざわ》、そして長野、名古屋《なごや》を抜け、東名《とうめい》高速道路で今二人は東京へ向かっている。

世間では二人の話題が泡のように膨らんでいた。目撃される度にツイッターによって二人の現在地がアップされ、「共に行動している元カメラマン」として巧の情報も付け加えられる。罪を犯した訳ではないのでマスコミは巧の名を公表することはなかったが、インターネットでは当然のように晒《さら》されていた。

巧に関する情報はほとんど同情の余地のない劣悪なものばかりをフィーチャーしていて、名前も覚えていないような中高の同級生が「あの頃から柄が悪かった」とか

「テコンドーをやめてから不良みたいだった」などとまるで全てを知っていたかのような口ぶりで話し、どこの誰だか分からないようなコメンテーターが「アシスタントをしながらパパラッチをするなんて倫理的に最低」などと言っている。そのうちには「詐欺専門家」と称されている人間が「伊藤亜希子さんのように表に出るプライドの高い女性は、こういったミステリアスな人間に惹《ひ》かれてしまう傾向があります。結婚詐欺などもそのパターンが非常に多いです」と、こじつけたようなコメントをしていた。おかげで「伊藤亜希子＝被害者」「巧＝加害者」というイメージは完全に浸透していた。それほどまで情報が露呈しているにもかかわらず、不思議と尾久田とのことは報道されなかった。

一方で、当事者である二人はあっけらかんとしていて、まるで他人事《ひとごと》のように逃避行を楽しんでいた。人のいない地方の記念館に寄ったり、美しい自然を観たり、まずいラーメンを食べたり。くだらない会話ばかりをしながら、ロードムービーさながらの旅を続けていた。しかし所持金は残りわずかになってしまい、そろそろ限界だった。今まで足りない分は巧が多一郎と香緒里に頼んで振り込んでもらっていたが、さすがにこれ以上は頼ることができない。

意外にも「そろそろ旅を終わらせましょう」と提案したのは亜希子の方だった。

「これからどうするんだ」

「わかりません。でも、お互いそろそろ踏み出さないと」

巧もそう思っていた。楽しい時間の中で、この先に対する若干の焦燥もあった。ただ、最後にやり残したことがある。

「その前に」

巧は思い切って亜希子に頼んだ。

「写真を撮らせてくれないか？」

撮りたいと思う自分は確かにいる。でも、やはり怖かった。払拭《ふっしょく》することの出来ないトラウマは、巧の中に未《いま》だ根深く絡み付いている。

しかしもう終わりにしたい。

亜希子は面食らったような顔をしていたが、そっと頬を緩ませ、「いいですよ」と承諾してくれた。

車は徐々に東京へと近づく。

「渋谷にプラネタリウムがあるんですって」

亜希子はコンビニで買ったサングラスをカチューシャ代わりにして言った。

「知らなかった。それじゃあもう遠くまで行かなくても星が見られるんだな」

亜希子は髪を耳にかけながら、優しく言った。

「はい。もう渋谷で十分なんです」

池尻《いけじり》で首都高速を降りた頃には日が暮れ始めていた。亜希子はサングラスとマスクで顔を覆い、薄手のロングコートを着てフードを被《かぶ》っていた。

渋滞する国道246号線を五分ほど渋谷方面に走ると、巧は花屋の前で車を停めた。亜希子を車に残して店に入り、店員にダリアの花束を注文した。

「どのようなお色みがいいか、ご希望はありますか？」

色盲になってから巧は白いダリアしか買っていなかった。

「とにかく明るい色にしてください」

目に見える色はほぼ同じだが、どうやらこの花束は明るい色彩らしい。丁寧なラッピングは断り、花束を小脇に抱えて車に戻った。

「何色だ」

「さくらんぼみたいな赤、シルクみたいな真っ白から桜色のグラデーション、タワレコのロゴの黄色、半蔵門《はんぞうもん》線の紫」

分かりづらい色は亜希子が何かに喩《たと》えて説明するようになっていた。

「あと、スカイツリーってオレンジみたいなオレンジ」

「え？　スカイツリーみたいなオレンジなのか？」

亜希子はいたずらな笑みを浮かべた。

「うそです。スカイツリーは、んー。難しいな。白みたいな銀と薄い青」

「お前な」

再び246を行く。

「今更ですけど、色が見えないのによく運転できますよね」

「人は慣れる生き物なんだ」

渋谷駅のガード下を潜って明治《めいじ》通りを左に曲がり、宮下《みやした》公園の橋の下を潜ってファイアー通りに出た。そこから西武《せいぶ》デパートの駐車場に入って車を停める。

一息ついてから坂木に電話をかけた。

「なんだ」

「今から三十分後の七時に、渋谷のスクランブル交差点に来い。カメラを持って」

「はぁ？」

それだけ言って電話を切った。同じように小日向にも電話した。

「面白いことやってくれとんな」

「お前の大好物をくれてやる。待ってるぞ」

次にポケットにくしゃくしゃになっていた紙ナプキンを取り出し、柊に電話した。

「柊か」

「今は榎《えのき》だよ」

季節に合わせてってことか。

「次はきっとまた違うけどね。で、何?」

「七時に渋谷のスクランブル交差点に来い」

「へー。分かったよ」

電話を切りかけた瞬間に「色々とばらしちゃってごめんね」と聞こえたが、そのまま切った。

「大丈夫ですか?」

亜希子は心配そうに言った。

「全員集まるんじゃねーのか」

「そんな同窓会みたいなこと言ってないでください。そうじゃなくて、渋谷。本当に大丈夫ですか?」

「あぁ。どうかな」

ユウアが亡くなってからも渋谷に来ることは多かった。けどスクランブル交差点だけはどうにか避けてきた。ただ、それも今日で終わりにしようと思う。

「しばらく会えなくなるな」

「ううん。きっとすぐ、また会えます」

二人の腕には傷跡が残っているもののほぼ完治していた。

「会えてよかった」

「やめてください。らしくないです、そういうの」

照れくさい会話に、しばらく気まずい時間が流れた。

「素敵な写真、お願いします」

「お前も、いい顔しろよ」

時刻は六時四十七分になった。

「じゃあ、そろそろいきます」

「ばれるなよ」

亜希子は車を降り、ドアを閉める前にサングラスをずらして、巧にウィンクした。

「ありがとう」

バタン、とドアが閉まった。

エレベーターへ向かう後ろ姿を見ながら、彼女は変わったと巧は思った。出会った頃はもっと幼くて戸惑いのある少女だった。しかし今は淑やかで健《すこ》やかで、実に生き生きしている。人間として、女性として、伊藤亜希子は魅力的になっていた。

俺も変わらなきゃいけない。

二分ほど待って、巧もカメラだけを持って車を降りた。他には何も要《い》らない。車の鍵《かぎ》を前輪に載せて、階段を下りながら多一郎に電話した。

「巧君」

「いろいろとご迷惑をおかけしました」

「いいさ」

「車、西武駐車場の五階に停めました。鍵は右前のタイヤの上に置いてます」

今度はなかなか電話を切れなかった。しかし最適な言葉が見つからず、変に間が空いてしまった。すると多一郎が言った。

「巧君、君は『生きてる』よ」

巧は階段を下りる脚を止めた。

「君は『死ぬように生きてない』。そういう声をしている」

「そうですね。『死ぬように生きてる場合じゃない』です」

再び歩き始めた。そこで愛が待つゆえに。


ＬｏＦｔの脇を抜けると、かつてレコードショップ、ＨＭＶのあったビルがそびえ立っている。巧が高校三年のときにＨＭＶはここにできた。それ以前は文化村《ぶんかむら》通りの方にあって、ＬｏＦｔ側に移転した頃は巧とユウアはちょうど青春真っ盛りの時だった。ピチカート・ファイヴや中村一義の新譜が出れば、二人一緒にＨＭＶで試聴して、あーだこーだ言いながらＣＤ買って。そのまま東急の屋上に行って、歌詞カードを見ながらイヤホンを片方ずつ耳に繋《つな》いで一緒に聴いて。そんな風に過ごした景色を今でも鮮明に覚えている。

でもそのHMVも今は渋谷にない。巧の記憶はあのときのままでも、世界の時間は進んでいる。

取り戻そう。これからの日々を。

西武の間を通って交差点を渡り、スクランブル交差点を避けるように一度明治通り側に抜けた。そして東急の方へと歩いて、駅下を潜るとようやくハチ公の辺りに出た。相変わらず雑多で、独特の埃臭《ほこり》さが漂っている。巧はまだどうにか平常心を保てていた。例の待ち合わせの場所まで歩いていく。地下鉄への階段を横目にぐるりと回ると、階段の真裏の壁に時計があった。この下が待ち合わせ場所だ。

ここではよくストリートバンドがライブしたり、プレートを持った宗教家が愛と世界の終焉《しゅうえん》を叫んだり、相田《あいだ》みつをの模倣版みたいな詩を売ったりする人がいたりする。その品のない渋谷が巧とユウアは好きだった。

しかし今日は誰もいない。あの事故の夜と同じように。

時計は六時五十八分を示している。まだ少し早い。合図は渋谷の街中から流れるあの曲。信号が変わる度に行き交う人波を避けながら、巧は時間が来るのを待つ。それまでスクランブル交差点の方は見ない。

トーキョーは夜の七時♪

亜希子の抜けたMORSEの新曲キャンペーンとして、夜七時になるとこの曲が流れる。

巧は顔を上げてスクランブル交差点を見た。それはあの事故の日と全く同じ光景だ。ただ、横切る車の先にいたのはダリアを抱えた亜希子だった。

周りの人間はまだ気づいていないようだ。あっという間に信号待ちする人々が集まり、すぐに彼女の姿は見えなくなってしまった。巧が人ごみを搔《か》き分けて最前列までいくと、亜希子はこちらを向いて微笑んだ。互いに手を振る。

一気に心拍数が上がる。吐き気すら感じるほどに、あのときの凄惨《せいさん》な光景が脳裏に蘇《よみがえ》る。それでも巧はアームストロングを握り締めた。フィルムはカラーにしてある。

そろそろ信号が変わる。

もしかしたら、と胸が締め付けられる。予期不安だ。軽トラが突っ込んでくるような気がしてならない。これからこの交差点が血の飛沫《しぶき》で真っ赤に染まるのが容易に想像できる。もちろんそんな確率はほとんどないのは分かっているが、不安はどうしても拭《ぬぐ》いきれない。

それでもやらなければならない。あの日を完全に再現し、なおかつ出来なかった撮影を為し遂げなければ、忌々しい事故の記憶と決別したことにはならないのだ。

カメラのファインダーを覗《のぞ》く。緊張して震える画面の向こうで信号は変わった。無数の人々が一気に交差点内に溢《あふ》れかえる。

身体が硬直する。それでも同じように行動する。まるで強力なゴムを引きのばすように、無理矢理指先を動かす。

人の数が多すぎて亜希子を見失ってしまう。しかし彼女は交差点の真ん中にいた。「止まって」と手を突き出すと、亜希子はサングラスとマスクを外し、コートを脱いだ。下に着ているのは一ヶ月前、亜希子が腕を刺した時に着ていた白いワンピース。数日前、滞在していたホテルに香緒里が送ってくれたものだ。この衣装を選んだのは亜希子自身だった。「私もちゃんと決別するから」と彼女は言った。しかしワンピースの左腕の切れ目は縫い直され、泥と血で汚れていた部分も、香緒里によって綺麗《きれい》に漂白されている。それはつまり、彼女にとって「清算」の意味があった。

すべてを地面に置いて、ダリアの花を抱え、彼女はポーズ――髪をかきあげるような仕草――を決めた。

今だ。

すぐにピントを合わせる。震える指に力を込めた。押せない。でも押さなければならない。

シャッターを切った。フラッシュが眩《まぶ》しく光る。それからアームストロングから羽ばたくような重みを感じた。

トーキョーは夜の七時♪

嘘みたいに輝く街♪

撮影は成功した。巧は乱れる呼吸をぐっと抑え、安堵《あんど》と興奮の入り混じった表情を浮かべながら亜希子のいる場所まで駆けていった。交差点のちょうど真ん中で二人は撮影を続ける。巧はもう躊躇《ためら》わずにシャッターを押せた。辺りを気にせずばしゃばしゃと亜希子にフラッシュを浴びせる。

立ち止まって撮影をする二人を、行き交う群衆は煩わしそうに、しかし興味ありげな顔をして通り過ぎるが、無視して二人は撮影を続ける。亜希子はダリアを顔に近づけたり、咥《くわ》えたり、千切ったり、様々なヴァリエーションで表情に変化を付けた。

だんだんと人々は二人を避けて歩くようになったが、最初に気付いた若者が「アッキーだ！」とヒステリックな声を発した。そして携帯を取り出し、遠慮もなく二人を撮り始めた。次第にその若者を中心に騒ぎはどんどん広がっていく。

巧のフラッシュ以外にもたくさんのフラッシュが交差点を入り乱れた。

「巧なにやってんだ！」

この声は坂木だ。

亜希子の後ろに柊――榎も見えた。抱腹絶倒といった具合でこちらにカメラを向けている。

おそらく小日向もいるだろう。

しかし構わなかった。フラッシュの数は急激に上昇した。

信号が赤になったらしい。車のクラクションがやかましく雑踏に鳴り響く。

フラッシュに加え、車のライトまでが辺りを明るく照らし始めた。


トーキョーは夜の七時♪

様々な閃光《せんこう》が交錯するスクランブル交差点は、スペクタクルで激しく、ドラマティックだった。騒然とした光の渦に二人は引き込まれていく。蛍の夜に引けを取らない、人工的な燐光《りんこう》の街。

周りからは「かわいいー」などと亜希子を賞賛する声から「え、この人が話題のカメラマン？」というミーハーな声がぐるぐると駆け巡る。それらの声の距離はどんどんと近づき、気づけば二人の周りには大勢の人がいた。奥からはピーという警官が笛を吹く音が聞こえる。

巧はファインダーから目を外し、肉眼で亜希子を見た。ダリアと亜希子は完璧《かんぺき》に美しい組み合わせで、そこにユウアの影は微々《びび》にもなかった。彼女は伊藤亜希子だった。

すぐに、互いが見えなくなるほど野次馬が周りを囲む。巧の顔の周りで、携帯やデジカメのフラッシュが眩《まばゆ》く光る。

巧は慌てて周りの人々を避け、亜希子にそっと手を伸ばした。亜希子も巧を求めて手を伸ばす。

あと少しで手が触れ合う。

その瞬間、巧は誰かに摑《つか》まれ、ぐっと後ろに引っ張られた。警官だ。

必死に亜希子へと手を伸ばす。しかし、亜希子の方も警官に捕らわれていて、二人の距離はどんどん遠くなっていった。

「またね」

群衆のざわめきで聞こえなかったが、彼女の唇はそう動いた。

強引に連れ去られていく中で、巧はまだなんとか顔が見えた亜希子にカメラを向けた。亜希子は花束をカメラの方へと投げ、いじらしく笑う。その瞬間を逃さず巧はシャッターを切った。

やがて人々の影に紛れていく。それでも、二人はしっかりと繋がっていた。

12

ゴシップ誌とのマッチポンプ

珍事件！　渋谷スクランブル交差点ゲリラ撮影を敢行したカメラマンTの真相！

今回あれほどまでに世間を騒がした元カメラマンT氏と筆者である私は、専門学校時代からの顔見知りだ。しかしあの頃、彼がこのような奇行に走るだろうとは思いも寄らなかった。

我々は彼の歴史を遡《さかのぼ》ることで、今回の事件を紐解《ひもと》いてみようと思う。

彼には高校時代から付き合っていた妻がいた。しかしながら二十代半ばに自動車事故に遭い、命を落としてしまう。そのとき彼女は妊娠中だった。

可哀想だ、と友人らは皆同情した。しかし彼は逆手に取り、あらゆるわがままをやってのける。

精神的に疲れてしまい、まともな仕事ができなくなった彼は、友人のカメラマンS氏に頼み込み、アシスタントとして雇ってもらうことになる。これはその友人S氏から聞いた話だが、仕方なく了承したもののT氏はまともに仕事もせずに給料はしっかり請求していたらしい。その上、彼は密《ひそ》かに撮影現場にくるタレントの会話から情報を盗み、パパラッチをしていた。

S氏は苛立《いらだ》ちを抑えた表情で本誌に答えた。

——彼を雇ったのは嫌々だったのですか？

「えぇ。当時はあまりにもやつれていたので、自殺でもされたら敵《かな》わないと思い、彼を雇いました」

——アシスタントとしての腕や彼の働きぶりはいかがだったのでしょう。

「別に普通ですよ。専門学校をでれば誰でもやれるくらいのことしかやらせてませんでしたし」

——そんな彼がパパラッチをしていたことは知っていましたか？

「まさか。そんなこと知ってたら即クビですよ。僕の管理能力が問われますから。実際あのあとから仕事が減ってかなり迷惑してます」

——今回の件についてどう思われますか？

「とても遺憾に思ってます。確かに彼は不運でした。ただ八年も前の不幸をダシにして金を貰《もら》うというのは人道的に間違っていると思います。迷惑をかけた人たちに謝罪をすべきだと思っています」

——中略——

以前、私とS氏とT氏で夕食を共にしたことがあった。そのとき、偶然にもMORSEの話題になったことがあった。当時の会話を私は鮮明に覚えている。S氏が「MORSE」の中なら誰がタイプか、という質問をしたのだ。するとT氏は「誰でもいい。アイドルとか嫌いなんだよ」と不機嫌に言い放ったのである。我々は黙るしかなかった。

しかし彼は伊藤亜希子と関係を持っていた。平気な顔して彼は嘘をついていたことになる。その表情はポーカーフェイスという域を超えたものだった。

どうして彼と伊藤亜希子が出会ったのか。ここからは推測だが、万が一パパラッチをしているうちにそのような関係になったとすれば……。伊藤亜希子もまともな人間とは思えない。

渋谷スクランブル交差点でのゲリラ撮影の目的が何だったのか知る由もない。

しかし奇行としか形容できない今回の珍事件。なおかつ、その写真をT氏自ら本誌に投稿してきたというから驚きだ。

ＭＯＲＳＥを辞《や》めさせられた伊藤亜希子の今後の活動も気になるところである。どうやら芸能活動は続けるようだ。世間から好奇の目で見られることは間違いない。これが逆風になるか、はたまた追い風となるか。注目である。

まずはＴ氏の送ってきた写真をチェック！　Ｐ９７　袋とじ

文　ブータン小日向

13

さよならオルフェウス

二回の軽いノックが聞こえた。亜希子は「はい」と扉の方を見ずに答える。

「オンタイムで開演になります」

「分かりました」

バスローブ姿の亜希子はメイクをしながらスタッフと会話した。「それでは本番よろしくお願いします」と言って去っていくのと入れ違いで、楽屋にJ・Dが入ってきた。

「アッキー、本番前に最終確認だ。三曲目の『愛の水たまり』と四曲目の『さよならオルフェウス』の間は無音にするから話すならそこでだ。ただくれぐれも無茶はしないでくれよ」

「分かってるよ、J・D」

亜希子はたおやかに、そして逞《たくま》しく微笑んだ。

ゲリラ撮影後、数日間の保護と任意の取り調べを経て亜希子は解放された。詳しくは教えてもらえなかったけれど、様々な容疑がかかっていた巧はしばらくの期間拘束されていたと小耳に挟んだ。

あの一ヶ月間でMORSE脱退という形にはなったけれど、事務所をクビになるということはなかった。釈放されてから今後の身の振り方をJ・D含めスタッフに相談すると、意外にも芸能活動を続けるべきだという返答だった。それは亜希子のためではなく、よくも悪くも話題になった伊藤亜希子という商品を改めて利用してみようと考えたかららしい。

正直なところ、亜希子自身ももう一度芸能界に挑戦したい思いが芽生えていた。きっかけはやはりあのスクランブル交差点での撮影だった。撮られる喜びを再認識したこと、そして巧が写真週刊誌に送った写真を見て「私こんな表情するんだ」という新たな発見があったことが大きな要因だった。そんなふうに肩の力を抜いて撮影できたのは巧という存在のおかげだった。驚いたことに写真週刊誌が発売されて、大量のファンレターが事務所に届いた。マネージャーのチェックが入っているからなのだろうけれど、ファンレターにはどれもこれも「亜希子さん待ってます!」とか「ライブしてください！」とか「どんなアッキーでも大好き！」という内容ばかりで、自分を待つ人間がこれほどまでいるんだ、という感動も改めて感じることが出来た。

どうせ一度終わったような芸能人生。もしまだ自分の立てるステージが残っているのなら、今度は何も気にせずに自信を持って表現したい。中学生の頃に憧《あこが》れたあの星の海を、また見てみたい。そして自分を愛してくれる人のためだけにパフォーマンスをしたい。MORSEのメンバーとは離ればなれになってしまったけれど、一人で闘う決意も固まった。今なら自分に欠けていたものが分かる気がする。自分がどう見られたいとか、どうありたいとか、そんなことどうだっていいんだ。自分はあのステージに立ちたい。精一杯のパフォーマンスがしたい。私を待つ人たちのために。それだけで十分だった。

事務所と相談した結果、二ヶ月間の謹慎を経て、すぐにソロデビューアルバムのリリース、続けてライブを敢行することになった。発売されたアルバムの売り上げはそこそこで、決して悪くはないけれどMORSEの売り上げには届いていない。それでも周囲の反応は大健闘といった感じだった。

そして今日はライブの初日だった。

「今日はやけにもの分かりがいいな」

「久しぶりだから、楽しもうと思って」

「あぁ。それが一番大事だ。困ったことにMORSEのときよりも顔が生き生きしてるよ」

J・Dは呆《あき》れながら楽屋をあとにすると、今度は香緒里の姿が見えた。彼女は嬉《うれ》しそうに近づき、亜希子を抱きしめた。

「ごめん、本番前に来ちゃって」

「ううん、私も香緒里さんに会いたかった」

釈放されてからしばらくは自宅の前にマスコミがいたせいであまり外出が出来なかった。最低限の生活必需品はマネージャーが運んでいたけれど、退屈な日々に飽き飽きしないよう香緒里は映画のDVDや漫画や本を持って頻繁に亜希子の家を訪ねていた。ただそれ以上に亜希子の心の支えになったのは香緒里との会話だった。香緒里には様々な面で救われていた。

「っていうか、アンタ髪、どしたの」

「へへ。切っちゃった」

長年のトレードマークだった長い髪を亜希子は肩の上くらいまで切った。

「失恋でもしたのかあ」

「今どき失恋して髪切るとかしないよ」

にっこりと笑ってみたけれど、どことなく不自然な感じになってしまった。

「こっちの方がさ、私らしいと思うんだ。単純にね」

香緒里は「そう」とだけ答えた。

「左腕の具合はどう？」

「うん、いい感じだけどまだ少し痒《かゆ》い」

「ダメだから。絶対掻《か》くなよ」

香緒里はバスローブの袖《そで》をそっと捲《まく》り、亜希子の左腕を見た。二度の傷跡。その上には香緒里が一週間前に彫った竪琴《たてごと》のタトゥーがあった。琴座のラインに沿ったその竪琴はソリッドで写実的だけれど、ベガの部分は可愛らしい星形になっていて、全体として女性っぽい印象になっている。

「いい感じ。肌に馴染《なじ》んでる」

「うん。気に入ってる」

亜希子はそっと腕を撫《な》で、再びメイクに戻ってアイラインを引き始めた。

「巧、来ないの？」

香緒里の声に、亜希子の手元が一瞬止まった。

「分かんない。ステージカメラマンとしてお願いしようとしたんだけど、事務所に止められちゃった」

あの人のおかげで私は今ここにいる。何もかも失いかけた私に手を差し伸べ、守り、そして生き返らせてくれた。

準備を終え、衣装を着る。

「どう？」

ナチュラルなメイクに、短い黒髪。白と黒のレースがあしらわれたドレス。赤ワインのような深紅のピンヒール。MORSEの頃のアイドルらしいコスチュームとは打って変わって、大人っぽい装いだった。

「これが今の〝アッキー〟なんでしょ」

「そう」

「うん。それがアンタらしさよ」

「ありがとう。いつもいつも言葉にしてくれて」

香緒里の目元は潤んでいるようだった。隠すようにサングラスをし、「本番楽しみにしてるね」と一言言って、すぐに出ていってしまった。

亜希子はステージへと向かった。まだ緞帳《どんちょう》が下がったままの舞台上に亜希子がスタンバイすると、オープニングの客を煽《あお》るような音楽が流れ始める。緞帳の向こうから、観客のどよめく声が聞こえた。

「久しぶりだね」

——もう消えたと思ってたろ——

「もうお互いに用はないでしょ」

——お前は何も変われちゃいねぇ。人間ってのはそういうもんだ——

「変われるよ」

亜希子は力強く言った。

「いつだって、人は変われる」

——ありきたりな台詞《せりふ》だなぁ。つまらん——

ジャックは例のごとく馬鹿にした口ぶりで話す。

——お前の魅力って何だ。そこそこの顔、そこそこの実力。あるのは人並みはずれた運だけだ。魅力なんてかけらもねぇ——

「私の魅力は」

曲のイントロが鳴り、ゆっくりと緞帳が上がると歓声はますます増幅していった。照明が興奮をかき立てるようにぐるぐると回り、亜希子のもとまで差し込む。

まだ観客の表情は見えない。しかし亜希子は目を瞑《つむ》り、この幕の向こうにいるファン、その景色を想像した。ペンライトの華美な光。心躍らせながら伊藤亜希子の登場を待ちわびる観客の表情。目映《まば》ゆい照明。一生懸命放たれる声援。燦然《さんぜん》と輝く絶佳がそこには待っている。それは奇跡のような蛍の光と星空にも、生命力に満ちた若々しい渋谷の街にも引けをとらない、いやそれ以上の壮観だった。

「覚悟よ」

左腕をぐっと握りしめ、より強く瞼《まぶた》を閉じる。

もう後ろは振り返らない。一度はダメだった。けどもう二度と、オルフェウスのような真似《まね》はしない。信じる。自分を。ファンを。過去の自分は傷口の奥に封じ込めた。美しき音色を持つ竪琴によって。

目を開ける。ジャックの姿はなかった。

照明と音と歓声が対流しながら混ざり合い、ボルテージは急激に高まる。徐々に観客の顔が見え始めた。

私は生きる。この場所で。

緞帳が上がり切った。観客の表情がはっきりと見える。目を輝かせてこちらを見る人。嬉しさあまって泣き出してしまう人。「アッキー待ってたよ」と書いた紙を向けている人。無数に輝くペンライトの星。

それは何度経験しても飽きることのない、想像を超えた光景だった。

大きく呼吸して亜希子は歌い始める。彼女のシルエットは光の中に滲《にじ》み、そして吸い込まれていった。

巧が得意の回し蹴《げ》りをかますと、見知らぬ男は弱々しくへたり込んで気絶した。

柊——榎から教えてもらったルートから会場に忍び込み、この男を呼び出した。段取りは予定通りスムーズだ。

「君に亜希子を撮らせるわけにはいかない」

男をガムテープで縛り上げ、腕に付けている「TOUR　STAFF」という腕章とパスを取ってステージへと向かった。

＊

キャップを深く被《かぶ》り、鼻したにずり落ちたマスクを上げる。

わざとらしくカメラを持ってカメラマンであることをアピールしつつ、会場の扉へと歩く。重厚な扉を押すと大音量の楽曲と歓声が一気に漏れた。

観客の向こう側に亜希子が登場したのが見えた。半年ぶりの彼女は、思わず見とれてしまうほど可憐《かれん》で凜《り》々しかった。なにより自信が窺《うかが》える。それは努力してきたという自負と強い意志が備わっているからなのだろう。短い髪も似合う。

ファインダーを覗《のぞ》く。彼女を撮影するのはスクランブル交差点以来だ。写真週刊誌に送った写真は驚くほど反響を呼んだ。非難する者が大多数だったが、中には「感銘を受けた」「勇気をもらった」などの感想もあり、数人の物好きからは「撮ってほしい」というオファーまで来た。巧はそれらを承諾し、今は少しずつカメラマンとして歩み直している。ただ、被写体としての魅力は未《いま》だ誰も彼女を越えられない。

ステージで舞い踊る亜希子に、巧は夢中でシャッターを切った。光量もまちまちで、写真は暗すぎたり、ぶれたりしてしまう。しかし気にせず撮る。自由を謳歌《おうか》する彼女のどんな瞬間も逃したくはなかった。切り取らなければならなかった。

撮った写真はきちんと亜希子の事務所に届けるつもりだ。勝手とはいえ無償での撮影。誰も文句は言わないだろう。俺より亜希子を上手く撮れる人間はいない。

カメラはデジタル一眼レフとアームストロング。デジタル一眼レフの方が効率はよく、特にやり直しのきかないコンサートではシャッターチャンスを逃す確率が圧倒的に少ない。基本的にはこっちを使う。しかし巧はアームストロングでも撮る必要があった。仕事としてではなく、自分自身のために。

観客の隙間を縫うように左右前後と移動しつつ、的確なアングルを探す。

巧がちょうどステージの目の前へと来たとき、三曲目が終わった。

「みんなありがとう！」

亜希子は声を張り上げて観客に言った。観客も応《こた》えるように大声を返していた。

「こんな私をまだ応援してくれてありがとう」

先ほどまでの歓声は落ち着き、仄《ほの》かにざわめく。

「勝手なことばっかりしていた私を見守ってくれてありがとう。あの日から、たくさんの人に迷惑をかけました。MORSE、スタッフ、そして応援してくれていた皆《みんな》。いっそのこと逃げてしまおうと思った。いや、一度逃げてしまったけど」

戸惑いながらも笑う客。巧はカメラを下ろし、亜希子を見た。

「でもここに戻ってきてよかった。周りにメンバーはいないけれど、寂しくはない。私には皆がいるから」

ところどころから「アッキー！」という声が聞こえる。

「知ってると思いますが、私には大切な人がいます」

突然の発言に「えっ？」と狼狽《ろうばい》した観客は、引き波のように静まりかえる。巧はじっと彼女を見据えていた。

「疲れた私を救ってくれたのは彼でした。彼と過ごした一ヶ月間のおかげで私は今ここにいます。どんな関係かと聞かれればよく分かりません。渋谷で撮影したあの日から彼とは会っていません。ただ、そんな彼への感謝を込めて、歌詞を書かせてもらいました。その曲を歌いたいと思います。聴いてください、さよならオルフェウス」

亜希子は優しく歌い始めた。ステージの演出も蛍と星空をイメージした構成で目映ゆい光に全員が包まれた。

刻まれた過去　絡みつくダリア
銀河の果てへと　誘《いざな》う救世主《メシア》
もし世界にあなたがいなければ……
私は波にさらわれていたの
さよならオルフェウス

目元を隠すように、アームストロングのファインダーを覗いた。堪《こら》えきれない思いがこみ上げてくる。耐えるのに必死でシャッターを切れない。レンズ越しに彼女を見続ける。

汽車の汽笛　モノクロの蛍
訪れる奇跡　涙へと変わる
もし世界にあなたがいなければ……
私は波にさらわれていたの
さよならオルフェウス

光景があまりにも鮮明に浮かんでしまうせいで、胸が締め付けられる。

亜希子と目が合った。そしてレンズに向かって彼女は確かに微笑んだ。そっと、柔らかく。巧は思わずシャッターを切った。

彼女が巧に気づいたかどうかは分からない。プロとしてカメラ目線をしただけかもしれない。でもあの表情には――勝手な解釈が過ぎるのかもしれないが――今の「アイドルとして生きる決心をしたアッキー」ではなく、「旅をしていた頃の伊藤亜希子」が垣間《かいま》見えたように思えた。

レンズを通して見た彼女の瞳《ひとみ》は変わらず澄んでいて綺麗《きれい》だった。涙で滲《にじ》む目元を拭《ぬぐ》い、とにかく亜希子にピントを合わせ続けた。

まるでローマの休日
短い時間　多くの経験
Life isn't always what one likes, is it?
あなたはそういうんでしょう
真夏の交差点《スクランブル》　瞬く燐光《りんこう》
繋《つな》がっている　届かなくても

もし世界がいつか色づいたなら……
私を　お願い　迎えにきて
さよならオルフェウス

——電気を点《つ》けた。

漂白発色液から取り出した最後の一枚は、浴室で水洗バットの中に浸っている。浴室を横切る紐《ひも》にぶら下がった全ての写真に、ステージで光を浴びるアッキーが写されていた。上品な立ち姿で歌うアッキー。激しいダンスを荒々しく踊るアッキー。ファンの歓声に照れるアッキー。

どれもこれも華やかで活力があり、今にも写真から飛び出して動き出しそうなほど躍動感がある。全て満足のいく出来だった。

汗ばんだシャツが邪魔で、巧は服を脱ぎ上半身裸になった。タバコに火を点け、水洗バットの中の写真を見る。ステージからカメラ目線で微笑む伊藤亜希子。

「『人生は必ずしも思うようになるとは限らない』か」

口の隙間から漏れた煙を払いながら、リビングの方へと歩いていった。飲みかけのコーヒーを手に取り、テーブルの上にある陶器の灰皿に灰を落とす。

壁一面に並べられた写真は闇に散らばった宝石箱のような色彩だった。エメラルドグリーンの水を泳ぐ黒いカエル。ギブソンのサウンドホールから咲き誇る花々。無数のカラスアゲハと金屏風《びょうぶ》。花火のようなルビーのかけら。コーヒーに浮かぶ桜の花びらとパール。キリンとフラミンゴと風船のコラージュ。ジェリービーンズを這《は》う玉虫。海月《くらげ》。そして警察や野次馬に囲まれる中、ダリアの奥でいじらしく笑う亜希子。百花《ひゃっか》繚乱《りょうらん》な写真の数々。どれもこの半年間の巧の作品だった。

壁を見る男の背中にはダリアの花と五十一枚の葉がある。最後に足された二枚の葉は重なるように彫られていて、ダリアの花びらは幾何学的だが生命力に溢《あふ》れた、力強いデザインになっている。

巧はゆっくりと背中を撫《な》で、アームストロングを摑《つか》んだ。そして丁寧にコダックのカラーフィルムを詰め、カウンターが「1」を表示するまで巻き上げた。

THE　END

あとがき

『閃光スクランブル』は二冊目の自著ですが、これについて言及するには、まず処女作『ピンクとグレー』からお話ししなければなりません。

『ピンクとグレー』は、幼馴染《おさななじ》みだった二人の男の子がスカウトをきっかけに共に芸能界へと踏み込んでいく物語です。ここだけ読むといかにもアイドルが書く小説だと思われそうですが、当時の自分としては、そういった先入観を持った読者を裏切りたいという思いが強くありました。読んでくださるとわかってもらえると思うのですが、キラキラとした青春モノではなく、どこか薄暗い雨雲が作品全体を覆っているような小説になっています。

なぜそのような作品を書くに至ったかというと、そこには自分の精神状態がいくらか反映されていたのだと思います。

『ピンクとグレー』を執筆した二〇一一年春、自分が属しているグループ、NEWSは六人組でした。しかしながらその年の秋に二名が脱退することとなります。執筆当時の自分はメンバーが脱退する可能性が濃厚である、解散の可能性もありえる、と薄々感づいている状態でした。さらに三月には東日本大震災が起き、精神がかなり不安定だったのを覚えています。

一人ではどうにもならない不甲斐《ふがい》なさや無力さに絶望しながらも、自分はそれでも小説を書くしかないと、何かに取《と》り憑《つ》かれたように日々パソコンに向かって文字を打っていました。

仲間と別れてしまうかもしれない、その後の自分はどうなるのだろうか、そんな想像に思いを巡らし、あらゆる感情を吐き出すように書いたのが『ピンクとグレー』でした。

アイドルという立場の自分がそのような作品を書くことが許されるのかという不安もありましたが、それは杞憂《きゆう》でした。自分が考えていたよりも周囲は寛容だったように思います。

自分が作家であるという自覚が生まれ始めたのもあるでしょう、二〇一二年の一月に『ピンクとグレー』を刊行した後、自分はまたすぐに小説を書く決意をしました。作家は書き続けてこそ。そしてなにより、芸能人が話題作りに小手先でちょろっと小説を一冊だけ書いた、と思われるのは不本意だったのです。

後に『閃光スクランブル』と名付けた次作は、『ピンクとグレー』よりフィクション性の高いエンタメ作品にしようと考えました。ここにも自分の精神状態が色濃く出ていたようです。

メンバー脱退後、今まで以上にプロとしてのパフォーマンスができなければステージに立つ資格がないと感じた自分たちは、アイドルとして必要な能力を一から身につけ直すことになります。それもすべてエンターテインメントに携わる者として、観客を驚かせるため、楽しんでもらうためでした。

そして同時期に『閃光スクランブル』の執筆に着手しました。

この作品の中に登場する亜希子《あきこ》のモデルが自分とは思いません。ただ亜希子に自分の内面を投影させていた部分もあります。事実、自分に言い聞かせるように書いたセリフがいくつかあります。

当時次作に取り掛かっていることは誰にも話していなかったのですが、一度だけ雑誌の編集の方に「また書いてるの？」と聞かれたことがありました。「どうして？」と尋ねると、自分の顔が鬼気迫るもので、まるで何かに追い込まれているようだと言われました。芸能活動と執筆活動の両立に随分と力んでいたのでしょう。今となれば少し恥ずかしいエピソードです。しかしながら今回の文庫化にあたり『閃光スクランブル』を読み返すと、当時の自分の熱量が昨日のことのように思い出されました。

『ピンクとグレー』同様この作品もまた自分にとっての通過儀礼であり、当時の状態を克明に記憶しておくための作業だったのかもしれません。

自分は『閃光スクランブル』を書いて救われました。この小説が僕以外の誰かの胸にも残ることを祈り、加藤《かとう》シゲアキの小説を読んでくれた方、ファンの方、解説を書いて下さった杉江松恋さん、作家にしてくれたすべての方に感謝します。

二〇一五年秋　加藤シゲアキ

解説

杉《すぎ》江《え》松《まつ》恋《こい》

『閃光《せんこう》スクランブル』は運命に弄《もてあそ》ばれる男女を描いた物語だ。夜空に延びた二筋の閃光が突如交差する。その眩《まばゆ》い輝きが、本書の最大の美点なのである。

かつて将来を嘱望された写真家だったが、今はその道を放棄して半端仕事で食いつないでいる男・巧《たくみ》が一方の主人公である。彼は、写真仲間だった坂木《さかき》のアシスタントとして働きながら、時折パパラッチの真似事をしてあぶく銭を稼いでいる。アイドルグループ「MORSE《モールス》」の人気メンバー、ミズミンこと水見由香《みずみゆか》が泥酔して恋人に介抱されている場面を撮影したあとで彼は、坂木から耳よりな情報を得る。MORSEの主力メンバーである伊藤亜希子《いとうあきこ》に狙うべきスキャンダルの種があるというのだ。

「「最低」という名の沼にいつまでも身を沈めていた」いと願う巧は、またしても最低な仕事のために動き始める。

その伊藤亜希子がもう一人の主人公である。ミズミンが卒業し、MORSEには若いメンバーが入ってきた。自分の内側から沸き上がってくる不安の感情を押し殺そうと、彼女は年上の愛人・尾久田《おくだ》雄一《ゆういち》との関係にのめりこんでいく。ある晩、密会場所のホテルから帰宅するタクシーの中で、亜希子は意外なことに気付いた。ツイッターに伊藤亜希子を名乗るアカウントができていたのである。自分の虚像のようにアイドルらしく振る舞うそのアカウントを、亜希子は思わずフォローする。

その帰宅した亜希子を巧が張り込んでいて……というように二人が交互に主役を務める章は連鎖していく。それぞれの視点からはわからない事実が読者にだけ見えるように書かれている点が巧《うま》く、スリルが高まっていく。本書にはミステリー的なプロットが用いられており、主人公である巧・亜希子に見えていること、読者にだけ見える事実、読者にも伏せられている真実の三つの情報が作中に存在する。それらがいかに開陳されていくか、というのが書き手の腕の見せどころなのである。終盤の展開がやや性急ではあるが、作者は緊張感を程よく維持しながら物語を書き進めている。

印象的なのは、主人公二人の造形である。彼らには幻視という共通点があるのだ。亜希子には、彼女の不安を煽《あお》るように語りかけてくるジャックオランタンという存在がいる。ジャックオランタン（Jack-o'-Lantern）とは日本で言う鬼火で、アイルランド伝承が発端になっている。本書から引用するなら「悪魔を騙《だま》し続けたせいで、死後天国にも地獄にも入れてもらえず、仕方なく悪魔から火を分けてもらい、カブで作った提灯《ちょうちん》を片手に孤独に彷徨《さまよ》い続けている」妖怪《ようかい》である（余談ながら、この伝承がアメリカに渡った後カブがカボチャに転化して、有名なハロウィンの化物になった）。

天国にも地獄にもいけない存在とは、亜希子自身のことでもある。彼女には、本名の亜希子以外に二つの呼び名がある。一つはアイドルの愛称としての名・アッキー、もう一つはマキだ。これはフィンランドの映画監督アキ・カウリスマキからとられたものである。彼女をそう呼ぶのは、愛人である尾久田雄一だけだ。彼の呼び名はグィド。これはイタリアのフェデリコ・フェリーニ監督の代表作『8½』の主人公、グィド・アンセルミから来ている。MORSEのメンバーとして芸能界に足を踏み入れて以来、彼女はこうした複数の名前に引き裂かれながら生きてきた。その生活は不安定で、刃物で自らを傷つけたことまである。それが限界に達したときに、亜希子は巧に出会うのである。

すべてを地に引き下ろして汚したいと考える巧にとっては、亜希子は格好の標的である。しかし、彼は決して愉快犯ではなく、無感情に獲物を屠《ほふ》り続けられる狩人《かりゅうど》でもなかった。彼には、パパラッチとしてスクープをものにしたあとで必ず行う儀式があった。照岡香織里《てるおかかおり》、医師の免許も持っているがタトゥーショップの経営者でもある友人に頼み、体に墨を入れさせるのである。その一つひとつが、世の中を汚した証《あかし》となる。戦闘機のパイロットが敵機を撃墜するたびに機体につけていくエンブレムを気取っているのかもしれないが、私には聖痕《スティグマータ》のようにも見える。聖者の身体が聖別されたものであることを示す象徴としての傷である。

亜希子と同じように、巧もユウアという女性の幻影を見る。少しずつ明かされるエピソードから、彼女がかつての巧にとっての大事な人であり、今はこの世にないということがわかってくる。この世の人ではないユウアとの会話の中でのみ巧は、自身の素顔を曝《さら》け出すことができるのだ。それ以外のときの彼は、自身の体に傷を刻みながら静かに汚辱の刻《とき》を生きている。その雌伏のありようは亜希子の自傷体験とも通底する。巧にはユウアとの秘められた過去があるが、亜希子には自身を覆い隠しながら不安の中で生きている現在がある。二人の時間は少しずれているが、生き方は同じように嘘を帯びている。このずれと立場の相似とが、物語の重要な鍵《かぎ》となるのである。

ここで加藤《かとう》シゲアキの作家業について振り返っておく。彼のデビュー作は二〇一二年に発表した『ピンクとグレー』(現・角川文庫)である。これは小学生のときからの付き合いである〈僕〉(河田大貴《かわだだいき》)と〈ごっち〉(鈴木真吾《すずきしんご》)の物語であり、芸能界という特殊な世界を描いた小説である。幼なじみの二人は同時に読者モデルとしてスカウトを受け、デビューを果たすが、その人気には次第に差が開いていく。真吾は白木蓮吾《しらきれんご》の名前で俳優としても活動を開始し、あっという間にスター性を開花させるのである。日陰の隠花と陽光を浴びて輝く大輪の花、完全に別世界の住人になってしまった二人だったが、あることがきっかけで再び その運命が寄り添うことになる。

僕とごっちの二人は後天的な双生児と言ってもいい存在だ。『ピンクとグレー』は、中途より〈ダブル〉の物語の色を帯びていく。〈ダブル〉とは、本来はふたごだった二人が引き離されたことから始まる奇譚《きたん》のことで、根底には欠損の感覚がある。完全だと思っていた心身の中にある不足、それが自分の外にあるもう一人の自分なのだとわかったときの動揺や不安を〈ダブル〉の物語は描くのである。

『ピンクとグレー』を書いたときの加藤は、そうした様式を意識したというよりも、〈僕〉と〈ごっち〉という若者に自身の二面性を投影していたのだろう。どうしても生じる影の部分が〈僕〉、スポットを浴びる華やかな部分が〈ごっち〉というわけである。加藤が同作を発表したとき、マスメディアはこぞって「ジャニーズ所属の現役アイドルが作家デビュー」という側面のみを喧伝《けんでん》した（ここまで書いてこなかったが、加藤は〈NEWS〉というグループに所属している）。芸能界という場に身を置く以上それはやむを得ないことではあったが、そうして〈ごっち〉の側面ばかりが強調されたという事実自体が、加藤が『ピンクとグレー』という作品を書かなければならなかった理由を示唆している。

そして『ピンクとグレー』から一年後の二〇一三年二月二十八日、加藤は本書を発表する（角川書店刊）。今回は自身の似姿を離れ、伊藤亜希子という象徴的な人物を作り上げた。そのことによって小説と自分との距離を置き、物語を制御しようと考えたのだろう。『ピンクとグレー』が〈ダブル〉の小説だとすれば、『閃光スクランブル』は〈ボーイ・ミーツ・ガール〉の話である。男女が運命のいたずらによって出会い、そのことから二人にとっての変化の瞬間が訪れるというのが〈ボーイ・ミーツ・ガール〉プロットの基本形だが、今回の加藤はそれに忠実であろうとしている。こうしたプロットを用いた作品にオードリー・ヘップバーン&グレゴリー・ペック主演の映画「ローマの休日」（ウィリアム・ワイラー製作・監督）があるが、そのオマージュが作中に描かれている点に注意いただきたい。

前回の課題が自身の持てるものすべてを小説として表現することだとすれば、今回のそれは書き手として完全な統御を行うことだった。主人公が精神的な呼応関係にある二人の人物である点など、前作の特徴を引きずっている部分もあるが、小説としては完全に別物である。どんな作家にも訪れる壁があり、一作目を出せても二作目を書けず、あるいは世に問うたものの何の反響も得られずに消えてしまった書き手は星の数ほどいる。その「二作目のジンクス」に挑戦するために、加藤は作家としての武器を一から揃えなおして本作に臨んだのだ。

『ピンクとグレー』を最初に手に取ったとき、私は加藤が有名な芸能人であるという点をあえて考慮せずに読了し、文章に独自性を出そうと努力していること、どこまでも小説の記述であることを貫こうとし、それに成功しているという点を大いに評価した。一年後の第二作では、新たにその挑戦精神に感心したことを憶《おぼ》えている。この時点ではまだ加藤シゲアキだけの何かはまだ見つかったとは言えなかった。しかし、その種は間違いなく播《ま》かれている。当時発表した書評は、以下のように締めくくられている。

――「1人でも多くの読者に楽しんでもらおう」という態度の『閃光スクランブル』にも好感を持った。そうやって書き続けていくうちに、「自分だけ」もきっと見つかることだろう。望むならば、そのオリジナルは借り物ではなく、自分の世代だけのもの、加藤シゲアキだけが見ることのできるものであってほしい。背伸びをしてつかもうとしているものに、まだ今は指先が触れているだけという印象だ。しかし描き続ければ握りしめられるときはきっと来るはずだ。その日まで私は加藤シゲアキという書き手に期待し続けようと思う。（エキサイトレビューより）

そこから一年後の二〇一四年、加藤は第三作の『Burn. -バーン-』を発表した。これは加藤が大学時代を過ごした街である渋谷《しぶや》について書くという自分語りの要素が強い内容であったが、にもかかわらず前二作よりもはるかに普遍性のある物語となった。借り物の心しか持っていない主人公が、自分自身を取り戻し、家族の持つ意味を再発見するという内容だからだ。同作で加藤は「芸能界」といった背景から完全に解放された書き手に成長した。さらにその一年後に初の短篇集である『傘をもたない蟻たちは』を発表するが、その中ではコメディから不穏な恋愛小説、痛みを感じる成長小説とさまざまな形式に挑戦し、作家としての引き出しを着々と増やしていることを見せつけた。初期作からの美風は残したまま、芸能人作家・加藤シゲアキから作家・加藤シゲアキへと完全に脱皮したと言っていい。

『閃光スクランブル』は、加藤がデビュー作の成功に甘えず、プロ作家としての第一歩を踏み出すために書いた、意欲的な作品である。内容についてはすでに詳しく述べたが、文章にも格段の進歩があることを最後に付け加えておく。もし単行本をお持ちの読者がいたら、文庫版のものと見比べてもらいたい。文章の間延びした部分が見事に刈り込まれている。『閃光スクランブル』単行本の時点ですでに加藤の文章は一定の緊密さを持っていたが、文庫化を経てさらに精錬され、引き締まった印象だ。二〇一五年の加藤シゲアキは二〇一三年の加藤シゲアキよりも着実に前に進んだ。そしてこれからも進み続けることだろう。

本書は二〇一三年二月に小社より刊行
された単行本を元に加筆・修正を行い、
文庫化したものです。

閃《せん》光《こう》スクランブル

加《か》藤《とう》シゲアキ

平成27年 11月25日　初版発行

発行者●郡司 聡

発行●株式会社KADOKAWA
〒102-8177　東京都千代田区富士見2-13-3
電話 03-3238-8521（カスタマーサポート）
http://www.kadokawa.co.jp/

角川文庫 19457

印刷所●旭印刷株式会社　製本所●株式会社ビルディング・ブックセンター

表紙画●和田三造

ISBN978-4-04-103624-2　C0193

JASRAC 出　1512927-501

角川文庫発刊に際して

角川源義

第二次世界大戦の敗北は、軍事力の敗北であった以上に、私たちの若い文化力の敗退であった。私たちの文化が戦争に対して如何に無力であり、単なるあだ花に過ぎなかったかを、私たちは身を以て体験し痛感した。西洋近代文化の摂取にとって、明治以後八十年の歳月は決して短かすぎたとは言えない。にもかかわらず、近代文化の伝統を確立し、自由な批判と柔軟な良識に富む文化層として自らを形成することに私たちは失敗して来た。そしてこれは、各層への文化の普及滲透を任務とする出版人の責任でもあった。

一九四五年以来、私たちは再び振出しに戻り、第一歩から踏み出すことを余儀なくされた。これは大きな不幸ではあるが、反面、これまでの混沌・未熟・歪曲の中にあった我が国の文化に秩序と確たる基礎を齎らすためには絶好の機会でもある。角川書店は、このような祖国の文化的危機にあたり、微力をも顧みず再建の礎石たるべき抱負と決意とをもって出発したが、ここに創立以来の念願を果すべく角川文庫を発刊する。これまで刊行されたあらゆる全集叢書文庫類の長所と短所とを検討し、古今東西の不朽の典籍を、良心的編集のもとに、廉価に、そして書架にふさわしい美本として、多くのひとびとに提供しようとする。しかし私たちは徒らに百科全書的な知識のジレッタントを作ることを目的とせず、あくまで祖国の文化に秩序と再建への道を示し、この文庫を角川書店の栄ある事業として、今後永久に継続発展せしめ、学芸と教養との殿堂として大成せんことを期したい。多くの読書子の愛情ある忠言と支持とによって、この希望と抱負とを完遂せしめられんことを願う。

一九四九年五月三日